泰戈尔诗歌精选

季羡林题

30岁时的泰戈尔

泰戈尔坐在两颗七叶树下的石碑台阶上缅怀父亲

为父守丧时期的泰戈尔 (1904年)

泰戈尔约35岁时

泰戈尔像 (徐悲鸿画于1940年)

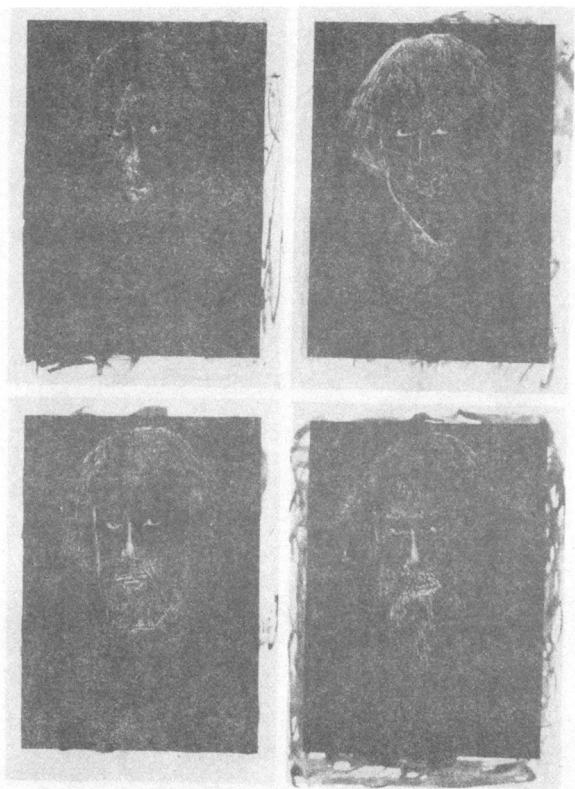

泰戈尔为自己画的像

泰戈尔的画作

泰戈尔诗歌精选

/

神秘诗

你 掌握了 我生命里一寸寸的 光阴

阅|读|公|社
Reading Commune

泰戈尔 著
董友忱 编

外语教学与研究出版社 北京

图书在版编目（CIP）数据

你掌握了我生命里寸寸的光阴：神秘诗 ／（印）泰戈尔著；董友忱编. — 北京：外语教学与研究出版社，2015.4
（泰戈尔诗歌精选）
ISBN 978-7-5135-5974-4

Ⅰ. ①你… Ⅱ. ①泰… ②董… Ⅲ. ①诗集－印度－现代
Ⅳ. ①I351.25

中国版本图书馆CIP数据核字(2015)第091493号

出 版 人　蔡剑峰
责任编辑　徐晓丹　　向凤菲
装帧设计　覃一彪
出版发行　外语教学与研究出版社
社　　址　北京市西三环北路19号（100089）
网　　址　http://www.fltrp.com
印　　刷　三河市北燕印装有限公司
开　　本　889×1194　1/32
印　　张　5.5
版　　次　2015年5月第1版　2015年5月第1次印刷
书　　号　ISBN 978-7-5135-5974-4
定　　价　24.90元

购书咨询：（010）88819929　电子邮箱：club@fltrp.com
外研书店：http://www.fltrpstore.com
凡印刷、装订质量问题，请联系我社印制部
联系电话：（010）61207896　电子邮箱：zhijian@fltrp.com
凡侵权、盗版书籍线索，请联系我社法律事务部
举报电话：（010）88817519　电子邮箱：banquan@fltrp.com
法律顾问：立方律师事务所　刘旭东律师
　　　　　中咨律师事务所　殷　斌律师
物料号：259740001

目　录

序

序

郁龙余

全世界的诗歌爱好者都对泰戈尔心存感激。他以72年的诗龄，创作了50多部诗集，为我们奉献了如此丰富的佳作，真是独步古今。

善良、正直是诗人永恒的本质。睿智、深邃和奔放是诗人不死的魂魄。泰戈尔赢得了一代又一代中国人的尊敬和喜爱。在教育部推荐的中学生课外阅读书目和大学中文专业的阅读参考书目中，均有泰戈尔诗集。

泰戈尔作品在中国的广泛传播，得益于冰心、徐志摩、郑振铎等人。他们搭起语言的桥梁，将泰戈尔迎到了中国。然而，泰戈尔绝大多数作品是用孟加拉语写的，从英语转译犹如多了一道咀嚼喂哺。这次由董友忱教授编选的"泰戈尔诗歌精选"丛书的最大优点是，除了冰心译的《吉檀迦利》（由泰戈尔本人译成英语）、《园丁集》和郑振铎译的《飞鸟集》外，全部译自孟加拉语原文。这样，就保证了文本的可信度。

泰戈尔七十多年的创作生涯，给我们留下了大量优美的诗篇。"泰戈尔诗歌精选"丛书从哲理、爱情、自然、生命、神秘、儿童6个方面切入，囊括了泰戈尔诗歌创作的主要题材。也就是说，"泰戈尔诗歌精选"丛书各集的选题是正确的。接着就是选诗的问题了，到底能否做到精选？泰戈尔和其他诗人一样，创作有高潮，也有低潮；有得意之作，也有平平之作。如何将泰戈尔的得意之作选出来，优中选优，这就需要胆识与才气了。这套丛书的选编者董友忱教授，完全具备了这种胆识与才气。作为一位著名的孟加拉语专家，《泰戈尔全集》的主要译者之一，董友忱教授既对泰戈尔作品有着极好的宏观把握，又对其诗作有着具体而深刻的体悟，同时还具有精益求精的完美主义精神，这是我建议董友忱教授编选这套丛书的全部理由。经过两年的努力，"泰戈尔诗歌精选"丛书终于编选完毕，这是董教授交出的漂亮答卷。

我相信，"泰戈尔诗歌精选"丛书一定会得到中国读者的喜爱。

你使陌生人成了弟兄

你让我认识了多少陌生人，
你在多少人家给我安放位置。
　　朋友，你使远近沟通，
　　你使陌生人成了弟兄。
　　　　当要离开故居时我心中不安，
　　　　不知道将会发生什么样的变迁。
　　　　新居处你是我的老知己，
　　　　我把这一点几乎忘记。
　　　　　　朋友，你使远近沟通，
　　　　　　你使陌生人成了弟兄。

通过生与死，今生或来世，
无论你带我到什么地方，
　　你是我永恒生命的伴侣，
　　你将使我认识一切沧桑。
　　　　一旦认识你谁也不陌生，
　　　　没有任何禁忌任何惊恐。
　　　　你提醒我要与大家在一起，
　　　　我似乎经常能见到你。

你掌握了我生命里寸寸的光阴

朋友，你使远近沟通，
你使陌生人成了弟兄。

1906 年

来吧

来吧，以常新的形象走进心灵。

来吧，带着花香色彩，来吧，带着歌声。

来吧，带着因抚摩而喜颤的身躯，

来吧，带着满心甘露般的欣喜，

来吧，带着微闭动情的眼睛。

来吧，以常新的形象走进心灵。

来吧，你纯洁、神采奕奕，

来吧，你温和恬静、俊美洒脱，

哦，来吧，带着奇特的法则。

来吧，走进心胸，走进苦乐，

来吧，走进每天所有的劳作，

来吧，走进每项事务的终结。

来吧，以常新的形象走进心灵。

1907 年

你掌握了我生命里 / 寸寸的光阴

我采撷宇宙的无际

今日翠绿的稻田里
光和影在捉迷藏。
谁驾驶白云的轻舟
在蓝莹莹的天海中游荡?
今日蜜蜂忘记采蜜,
沐浴着阳光回旋翻飞。
今日鸳鸯为什么
在河滩相会?

哦,兄弟,我今日
决不会回到屋里。
哦,击碎空中凝积的闷郁,
我采撷宇宙的无际。
一似潮水的飞沫,
南风中传播着笑语,
消度无所事事的上午,
我痴迷地吹奏着苇笛。

来吧，秋天的女神

我们扎了一束芦花，
　　我们编了素馨花环，
我们用新熟的稻穗
　　装饰敬献的花篮。
来吧，秋天的女神，
　　乘坐白云之车，
来吧，在洁净的蓝色天衢上
　　辚辚驰过，
来吧，跨越雨水濯绿、
　　阳光照耀的森林、山峦。
来吧，头戴清露滋润的白莲花
　　装饰的花冠。
丰盈的恒河边，
　　幽静的树林里，
用飘落的马拉蒂花
　　制作了你的花椅，
在你的纤足前，回归的
　　仙鹤张开了白翼。

弹奏你的金琴，
让弦儿铮铮流泻出
　优美的乐曲，
融和笑声的乐音
　融于瞬息的泪水。

你鬓角上的宝石
　闪烁金辉，
请用仁慈的纤手
　抚摩一下心灵——
于是忧愁便闪射金光，
　黑暗变为光明。

　　　　　圣蒂尼克坦
　　　　　1908 年

令我眼花缭乱者已经走来

令我眼花缭乱者已经走来。
我发现我的心扉已经敞开。
　　　在希乌里树的四周，
　　　凋落之花一堆又一堆。
　　　在露水滋润的草上，
　　　留下朝霞赤足的余晖——
　　　　　令我眼花缭乱者已经走来。

树林里交错的影与光，
如斑斑点点的衣裳。
鲜花望着你的脸，
心儿说着什么话语。
　　　我们热烈地欢迎你，
　　　请揭去你的面纱。
　　　用双手推开
　　　脸前的云彩。
　　　　　令我眼花缭乱者已经走来。

在森林之神的大门口，

7

我听到深沉的法螺声。

天空的维那琴奏响了

迎接你的迎宾曲。

　　何处响起带铃的脚镯声？

　　可能在我的内心。

　　在所有思索和工作中，

　　滴落下溶石的甘霖。

　　　　令我眼花缭乱者已经走来。

圣蒂尼克坦

1908 年

啊，向你致敬

母亲，你那优美柔软的双足，
　　今天我看到它如朝阳般鲜红。
母亲，你那战胜死亡的格言，
　　悄悄地充满无声的天空。

啊，向你致敬！在整个太空宇宙之中。
啊，向你致敬！在整个生活工作之中。
今天，虔诚地焚香向你礼拜，
　　求你接纳我的身心和财富。
母亲，你那优美柔软的双足，
　　今天我看到它如朝阳般鲜红。

1908 年

你掌握了我生命里寸寸的光阴

心海涌起的波涛

雨季黄昏降临，

　　白日默然离去。

空中哗哗落下

　　无羁的暴雨。

　　　　独坐书斋，

　　　　思绪纷乱。

　　　　湿润的夜风

　　　　　　在素馨花丛中絮语。

　　　　空中哗哗落下

　　　　　　无羁的暴雨。

心海涌起的波涛

　　觅不到边际。

染香的心灵

　　在淋湿的花林里饮泣。

　　　　深夜每个时辰

　　　　注满什么音韵？

　　　　何种过失让我急于

　　　　　　忘怀一切世事？

空中哗哗落下

无羁的暴雨。

希拉伊达哈

1909 年

你掌握了我生命里寸寸的光阴

你手持盾牌躲藏

你手持盾牌躲藏，
　　　　是躲不掉的。
这次对我说，你在我心里，
　　　　便无人知道，无人再提。

你在国内外游逛，
你在全世界捉迷藏，
这次你对我说，你在我心里，
　　　　束手就擒，不再哄我。

你手持盾牌躲藏，
　　　　是躲不掉的。
我知道我的心很硬，
不能托着你的双足前行，
朋友，你吹入我心中一阵和风，
　　　　我的心还能不软吗？

尽管我不乞求，
可你同情的甘露一旦飘落，

一瞬间鲜花能不开放?

　　能不结果?

你手持盾牌躲藏,

　　是躲不掉的。

　　　　　波勒普尔

　　　　　1909 年

你掌握了我生命里寸寸的光阴

你什么时候走来

你什么时候走来，
　　专门来迎接我？
你的月亮、太阳把你
　　藏在什么地方？
　　　　多少清晨和傍晚，
　　　　　响起过你的足音。
　　　　你派使者秘密地
　　　　　走进我的心，呼唤我。

今天，啊，旅客！
　　我的整个心灵
似乎在瑟瑟颤抖，
　　因为过于高兴。
　　　　今天好像时辰已到，
　　　　　我的工作已做完了。
　　　　风已吹来，啊，帝王，
　　　　　我仿佛沐浴着你的芬芳。

　　　　　　　　1909 年

来吧，进入生命

来吧，载雨的云，

　　雨季里大雨不停。

带着你博大墨绿色的爱，

　　来吧，进入生命。

　　　　来吧，来吻山之巅，

　　　　　　让阴影绕丛林。

　　　　啊，来吧，让你深沉的话语

　　　　　　响彻天空。

树林被摧残，

　　花枝抖颤不息。

河岸上传来

　　低声的哭泣。

　　　　来啊，你来吧，抛弃贪欲，

　　　　　　来吧，怀着满腔的热情。

　　　　来啊，你来吧，目光冷峻者。

　　　　　　来吧，来接近我的心灵。

　　　　　　　　1909 年

你掌握了我生命里／寸寸的光阴

15

夜里的梦消失了

夜里的梦消失了，
　　　啊，消失了。
啊，路上的障碍消除了，
心灵的掩饰已不复存在。
我一来到这个世界，
每朵心灵之花，
都已盛开。

我的门终于毁坏，
你来了却站在门外。
我的心灵在流泪，
它在你脚下礼拜。
　　天空出现了曙光，
　　朝我伸出手来。
　　在我那被毁的监狱外，
　　胜利呼声震天响起来。

　　　　　1909 年

惑魂者

我全身洋溢着激情，
　　　有些眼花缭乱，
谁在我的心里
　　　结了根彩色的圣线？
今天在苍穹下，惑魂者，
　　　你怎样把我的灵魂
播撒在河流陆地，
　　　播撒在花果中？
今日你怎样
　　　和我做游戏？
我已获得还是正在寻找，
　　　心里不甚明白。
今日的欢乐装扮成
　　　痛哭流涕，
离愁化为甜蜜，
　　　使生命陶醉。

希拉伊达哈
1909 年

你掌握了我生命里
寸寸的光阴

你带来点灯的火种

嘿，把灯火拨得更亮，
　　你带来点灯的火种。
黑暗从我的眼前消散，
　　逐渐消融，不断消融。
　　整个天空、整个大地，
　　　　因高兴而充满笑声。
　　目光所扫视的方向，
　　　　好得很，一切都好得很。

那树叶丛中你的光明，
　　激励着心灵。
那鸟雀窝边你的光明，
　　激起了歌声。
　　　　你的光明非常可爱，
　　　　　　照在我的身上，
　　　　你用圣洁的手
　　　　　　抚摩我的心灵。

波勒普尔
1909 年

你降临人间

哦，求索者；哦，情人，
    哦，狂人，你降临人间。
你以哪一种纯光
    把心灵之灯点亮？

    茫茫人世，悲痛
    拨响你心中的琴弦。
        艰险之中，
你微笑是为哪位慈母的笑颜所感染？
    不知你为寻找谁
    竟然烧毁一切欢娱。
        哪个恋人
使你泪水涟涟？

    茫茫人世，悲痛
    拨响你心中的琴弦。
    你没有愁郁——
    我猜想谁是你的情侣。
    你忘却死亡，快乐地驾舟驶过
    生命的哪个海面？

19

岁月在何处

岁月在何处?

不知疲倦的时光之河在何处流动?

世界就像枯草一样在何处飘游?

我独自一人置身于黑暗的山洞,

我纹丝不动沉浸于自我之中。

无始无终的时光之夜屏住呼吸,

四周进入静谧的深思。

涓涓细流沿着岩石缝隙,

一滴一滴落入潮湿的山洞之底。

黑暗中一群老蛙在冰冷的水中

静静地卧眠不醒。

蝙蝠从很远处飞进山洞,

带来了朔日深夜的语声。

谁会晓得何日或何时

从何处透进来一缕光明。

这白昼的密使在黑暗中

偷偷地窥视一眼就逃得无影无踪。

我坐在这里念诵着毁灭咒语,

一点一点地摧毁宇宙,

心愿实现了,我今天多么高兴!

我沉浸在宇宙的雾霭里，

我坐在无形的黑暗之处，

我用强烈光束刺破幻想的帷幕，

宇宙匍匐在我的脚下——

我突然变得辉煌伟大。

我坐在这里令日月的光华暗淡，

宇宙的界限统统被突破，

景物、声响、气息、味道已经逃走，

希望、恐惧、幻想、魔力破灭了。

亿万个世纪的愿望实现之后，

在一个时代告终的时候，我用毁灭之水

洗掉空虚世界的污垢痕迹。

湿婆大神令欢乐充满

无阴影、无瑕疵的天空，

我感受到这种欢乐的光明。

是谁用宇宙的巨石镇压我的心胸，

把我关进监狱牢笼！

我每时每刻都在战斗，

宇宙，我要慢慢把巨石搬走，

心儿就会感到轻松自由。

大自然魔鬼呀，你带来了多少苦难，

陷入你的魔幻之网，我已经孤立无援。

你一旦闯入我的心灵王国，

就煽动我的心儿反叛。
我日夜不停地进行斗争，
心里一直踌躇不决。
耳畔仿佛总是萦绕着心灵的哭声，
心血已把世界染成赤色，
白昼的眼睛也变得通红。
啊，在炽热欲望的鞭策下，
我犹如疯子在路径上驰骋。
为了把自己的影子控制在自己的心里，
我曾经日夜进行过徒劳的努力。
你用幸福的闪电击打我的心灵，
把我抛入痛苦的黑暗深渊。
你用诱饵来唤起我的欲望，
把我带入巨大的饥饿之中。
心灵企盼的食物就是尘土，
消渴之物就是瘴气浊雾。
最后我发誓，如果我遭受痛苦，
总有一天我要进行报复。
从那一日起我就进入洞穴，
在黑暗中实现伟大的杀戮。
我的誓愿今天已经实现，
我扼杀了你那爱情的儿女。
世界变成了智慧火葬场上的烟灰。
今天这种烟灰涂抹在我的全身，

我要从黑暗中走出洞穴之门。
我要在你的舞台上漫步不歇，
吟唱无限欣慰的报复之歌。
我要敞开心扉对你说：
"看吧，你的王国如今已成沙漠，
爱情怜悯你昔日的那些奴仆，
他们今天已成为荒冢里的尸骨，
这里坐落着毁灭之都。"

你掌握了我生命里寸寸的光阴

多么狭小的土地

多么狭小的土地！四周又何等封闭！
附近的树林房舍十分拥挤，
仿佛四面八方都被紧紧地围起，
身体仿佛也受到压抑！
举手投足仿佛都感到困惑，
我觉得每走一步都会碰壁。
这就是伟大的都市！这算什么城市！
四周都是小小的房舍窑洞，
居民犹如蚂蚁来往穿行。
四周闪现出白日的光柱，
目光仿佛触及世界的白骨。
光亮便是监狱，它用冷漠坚硬的
物体将视线环绕隔离。
思想处处受阻后只好回头，
想象不到在何处驻足停留。
宁静是黑暗，而黑暗则是自由，
黑暗是心灵信步漫游的土地，
天空的倒影，是休息之所。
一点点黑暗将世界遮蔽，

宇宙的起源、终止随即消失，

无限自由的心灵瞬息间

走到世界外面松了一口气。

沿路行走的都是些什么人！

我不认识他们，我也不理解

他们为什么这样吵闹喧腾？

他们企盼什么？为什么这样忙碌不停？

一个时期世界仿佛很大，

当时人也还像人，

今天仿佛他们都变得渺小。

在这里我看到人生戏耍的情调。

你掌握了我生命里　寸寸的光阴

我在虚空中生活

中午降临，阳光十分强烈。
苍穹犹如一口炽热的铜锅。
热风在四周呼呼地作响，
沙尘在热空中弥漫飞扬。
从凌晨起我就在此处端坐，
我在这里看见了什么？
漫漫人生使我的心灵萎缩，
我是否还能与世人融合？
我是个何等的自由者！
这里是何等伟大的房舍！
宇宙没有障碍，
我在虚空中生活。

难道我是在畅饮美酒

难道我是在畅饮美酒!
难道是甜蜜醉意进入我的心口!
难道是困倦使我合上双眼!
难道是昏暗笼罩我的心田!
云雾遮住了理智的双眼。
迷茫的死亡阴影,
仿佛慢慢地把我的全身盖严!

你掌握了我生命里
寸寸的光阴

我在向无底的深渊坠去

我这是去了何处，又来到哪里？
看来我再也控制不住自己。
大概我在死亡、沉没、消逝。
哎呀，我在向无底的深渊坠去，
重负压在我身上，眼睛已经合闭。
四周仿佛有什么东西把你围起，
你的逃跑路径又在哪里？
你仿佛在睡梦中行走，
突然在什么地方脚被撞击，
你在毁灭中惊醒。
你现在赶快摆脱梦境。
去吧，走进自己那无限黑暗的王国。
多少月亮、太阳都会在那里坠灭。
走进这微弱的光亮处我会迷路，
可是黑暗却从不会使我陷入迷途。

这个世界很真实

这周围是什么？啊，是朝霞！
这个世界很真实，看来并非虚假，
虚假只出现在我们的视觉中。
无限呈现出有限之形。
一切皆纤小，一切都无限！
沙石的微粒无尽无穷，
它们中间横亘着无限苍穹。
有谁，有谁能把它握在手中？
没有大小之别，一切皆为恢宏。
我闭上眼睛走出这个世界，
到何处去探寻这种无限？
哪里都没有边界，边界实为迷蒙。
我要好好读一读有关这个世界的描写，
只要看到真相我就不会感到厌恶。
从人间漫游到另一个世界，
一页一页翻阅尘世之书，
就这样世世代代使智慧增多。
世界的本来面貌有谁见过！
我睁开眼睛，四处信步游荡，
我怀着爱恋把这个尘世凝望，
我一定会看清它的真正形象。

心啊，你安静吧

心啊，你安静吧，让一切都远去吧，
远去吧，让虚幻的海市蜃楼消失吧。
黑暗呀，快来吧，请让我那炽热而
闪光的心沉入毁灭的大海吧，
我在喧嚣声中已变得聋哑。
一切都已消逝沉没，
心中的火焰也已经熄灭！

尘世啊，我不能离你而去

世界啊，伟大的舟楫，你驶往哪里？
请把我拉下你的载体——
我再不能只身游荡漂移。
成千上万的旅客在前进，
我也想与他们一起前行。
洒满阳光和月华的那条路
受到蔑视，那光华又被遮避，
我为什么要借助这萤火虫似的微光
拼命在黑暗中寻找路径呢？
尘世啊，我不能离你而去，
我们都被伟大的引力束缚在一起。
鸟儿飞向天空的时候在想：
"看来我要永远离开大地。"
飞呀，飞呀，它越飞越高，
可是它怎么也离不开大地，
最后拖着疲惫的身子回到巢里。

你掌握了我生命里
寸寸的光阴

31

你欺骗了我的眼睛

你欺骗了我的眼睛！

我即使用心瞧望，又怎能看清！

在素馨花坛的周围，

在开始凋谢的花丛，

在缀满露珠的草地，

已经起步的双足如朝霞般殷红！

你欺骗了我的眼睛！

光和影的下摆在树林中

漫游滚动，

那些花朵仰望着那张笑脸，

在悄悄地诉说着什么事情！

我们对你有一个请求，

请揭开蒙在你脸上的盖头，

请用你的双手

掀开那层薄薄的云雾盖头！

来吧，大神

当生命凋零，
来吧，让它化作慈爱的甘霖。
当甜美消失，
来吧，让它化作喜乐的芳醴。

当琐事以可怖的形式
吼叫着遮天蔽地，
来吧，大神，步履平稳，
走进我的心。

当贫贱的意识在心隅安卧，
使自己变得吝啬，
让它化作君王的凛威，
大神，来吧，开启心扉。

当蒙尘的憧憬
在冥顽的黑暗中耳目不聪，
崇伟、不眠的大神啊，
来吧，让它化作燃烧的火轮。

1910 年

你掌握了我生命里 寸寸的光阴

33

为什么我的夜消逝

他走到我身边坐下，
　　我依然不醒。
怎样的酣睡啊，
　　竟把不幸的你①拘禁。
他手持弦琴，
深夜来临，
梦中弹奏的乐曲
　　那么深沉。

醒来我看见
　　他的芳香渗透黑暗，
疯癫了的南风
　　从不停息地奔跑。
为什么我的夜消逝？
他在身边却不见他的踪迹，
为什么他的花环都不碰一次
　　我的胸脯？

　　　　　　　　波勒普尔
　　　　　　　　1910 年

————————————
①指作者自己。

神魂迷失

今日我的神魂
　　在云层中迷失，
没人知道它
　　奔向哪里。
闪电一再弹拨
　　它的琴弦，
霹雳雄浑的歌声
　　回荡在心田。

一团团
　　浓稠的黑暗
搂住我的身体，
　　在心灵里扩散。
跳舞的狂风是
　　我的旅伴，
它的狞笑在飞奔——
　　不可阻拦。

我的生命不敢到你的足前

啊，请用仁慈

　濯净我的生命——

否则，你的圣足

我怎敢触碰！

本想去给你敬献花篮，

可碰翻瓶子，

黑墨水流出一滩，

所以，我的生命

不敢到你的足前。

前些日子我一直

　没有忧烦，

我身上到处是

　污渍斑斑。

今日为投入你的慈怀，

我的心儿急得落泪——

你千万不要再让我

躺在尘埃里！

人生永恒的情愫

人生永恒的情愫，
哦，生活永恒的追求。
　　燃烧吧，你的火焰！
　　不要因我是弱者而表示怜悯，
　　我愿意忍受烤灼，
　　　　任欲望烧成焦土。

发出震聋发聩的呐喊吧，
　　切莫枉然延误！
将缠捆胸脯的绳索
　　割断，弃于身后！
吹响你的法螺，
号音震魂撼魄，
驱散昏睡，打破自负，
　　让超凡的睿智复苏！

　　　　　　加尔各答
　　　　　　1910 年

你掌握了我生命里寸寸的光阴

眷恋似乎跑了

我所有的眷恋似乎跑了，

主啊，跑到你的面前，你的面前，你的面前。

我所有的希望似乎飞了，

主啊，飞到你的耳边，你的耳边，你的耳边。

我的心儿不论在何地，

都响应你的号召。

所有的障碍被逐个铲除，

主啊，因有你的力量，你的力量，你的力量。

上面放满施舍物的托盘，

这次仿佛完全空了。

我的心灵被秘密地充满，

主啊，那是你的赏赐，你的赏赐，你的赏赐。

主啊，我的朋友，我的知己，

我一生中一切美的东西

都奏响在

你的歌里，你的歌里，你的歌里。

加尔各答
1910 年

你掌握了我生命里寸寸的光阴

我的生命已苏醒

月夜，我的生命已苏醒，
　　今日你身边可有我的位置？
我将观瞻你圣洁的容貌，
心儿遥望，好生焦躁，
我盈泪的歌曲
　　是否在你圣足的周围萦绕？

今天，我实在不敢
把自己送到你的足前，
我匍匐着，前额触地，
　　怕你退回我的供品。
你叫我站起来，伸手将
我拉到你的身旁，
我一生无穷的贫乏
　　转眼间化为泡影。

　　　　　　　　波勒普尔
　　　　　　　　1910 年

随风漂荡

我的夙愿是与你驾一叶扁舟

　　随风漂荡，自由自在地漂荡，

三界无人知道你我是香客，

　　前往哪个国家，什么地方。

在无边无际的沧海，

　　我只为你歌唱，

你听着不受歌词局限的海涛似的曲调，

　　缄默的微笑浮上你的脸庞。

然而，你至今没有闲暇，

　　总有处理不完的琐事。

啊，黄昏又降临海滨，

　　海鸟在憔悴的夕阳下鼓翼，

各自飞回海边的巢里。

　　为摆脱禁锢你的桎梏，

你几时来到起航的码头？

　　与我共驾最后一抹夕晖似的轻舟，

漫无目的地在漆黑的海面上疾驰快游？

　　　　　　　　　波勒普尔

　　　　　　　　　1910 年

请投来你慈善的目光

今天，主啊，你
　　如果能使我清醒，
请别回去，别回去，
　　请投来你慈善的目光。
　　　　稠密林梢的上空，
　　　　阿沙拉月雨云正浓。
　　　　夜悄悄地睡着了，
　　　　　雨使困倦的夜不得安宁。
　　　　请别回去，别回去，
　　　　　请投来你慈善的目光。

在不断的闪电雷鸣中，
　　失眠的心灵
与瓢泼大雨混在一起，
　　欲引吭和鸣。
　　　　我那泪水涟涟的心灵，
　　　　外出到黑暗中。
　　　　伸出双手急切地
　　　　　寻找天空。

请别回去，别回去，
请投来你慈善的目光。

1910 年

你掌握了我生命里寸寸的光阴

请采摘我这朵花

请采摘我这朵花，

　　莫再迟疑！

我担心它会凋谢，

　　败落尘泥！

不知此花配不配做

你的花环？

但愿你来采摘它，

　　如同命运的恩赐！

摘去吧，摘去吧，

　　莫再迟疑！

只怕花开之日将尽，

　　黑暗来临。

只怕献贡时间已过，

　　白费辛勤。

趁花颜色正鲜艳，

趁花馨香尚未变，

请拿它去上供吧，

　　最合时宜！

摘去吧，摘去吧，

莫再迟疑！

1910 年

你掌握了我生命里寸寸的光阴

人生之弦

我要承受更大的打击
　　　　更大的打击！
人生之弦啊，你弹吧，弹奏更激越的乐曲！
　你从我生命中唤醒的歌曲，
　　　未加入终极的合唱，
　你以更激烈的变奏曲调
　　　塑造它的形象！

不要只表示
　　温和的怜悯！
不要让生命在靡靡之音的
　　游戏中夭折！
让一切熊熊燃烧，
让一阵阵狂风咆哮，
唤醒一重重天，
使一切变得更圆满！

1910 年

我的心儿怎么能去

宇宙间你争抢的地方，
我的心儿怎么能去？
光明之浆，由太阳、
星辰舀入金觞，
无穷的生命撒落天宇。
我的心儿怎么去那里？

你坐在赐予之椅上，
我的心儿怎么能去？
你倾倒甘露，
展现自己的风采，
今生会从哪里传来呼吁？
我的心儿怎么去那里？

1910 年

你掌握了我生命里
寸寸的光阴

你欲斟饮哪一种琼浆

我的神啊，把我的身心当作玉杯，
你欲斟饮哪一种琼浆？
　　你的诗人用我的眼睛
　　看惯了你的宇宙万象。
　　在我的沉醉的听觉里，
　　　　你想静听你自己的歌唱。
　　我的神啊，把我的身心当作玉杯，
　　你欲斟饮哪一种琼浆？

我的主，你的创造在我心里
制造无比奇妙的信息。
　　其中混合着你的仁慈，
　　唤醒我风格迥异的歌曲——
　　你把你融入我的形体，
　　　　在我身上欣赏你甜美的丰姿。
　　我的神啊，把我的身心当作玉杯，
　　你欲斟饮哪一种琼浆？

1910 年

他是我中我

我独自走出来，
　　　与你来会面。
是谁伴我而行，
　　　在静静的黑暗中？
我想努力摆脱，
我一动他也挪。
心想灾难已消失，
却又看见了他。

他行走，大地震撼，
　　　剧烈地摇颤。
在我所有的话语中，
　　　有他想说的意见。
主，他是我中我，
他向来恬不知耻。
我带他去你门前，
感到很不好意思。

1910 年

你掌握了我生命里／寸寸的光阴

拿到自己的生命中去

河的彼岸，阿沙拉月的
　　黎明，
拿去，把心
　　拿到自己的生命中去。
嫩绿深蓝金黄交错，
请把这琼浆玉液洒泼。
唤醒天底下的
　　悄声细语——
拿去，把心
　　拿到自己的生命中去。

就这样在世界岸边的
　　道路上面行走，
路的两边鲜花盛开，
　　你把它们摘走。
你用智慧把它们盘绕，
日夜不停地编成花篮。
每天都是如此，
　　我尊重命运。
拿去，把心

拿到自己的生命中去。

希拉伊达哈

1910 年

你掌握了我生命里寸寸的光阴

我身上有你的欢乐

我身上有你的欢乐，
所以你下到了底层。
我之中若无三界之主，
你的爱情便是幻影。
你带我参加聚会，
在我心中做着充满情趣的游戏，
在我的生活中闪现
你变幻不定的丰姿。

所以你是王中王，
然而为了这颗心，
你身着迷人的华服巡行，
我主，你日日清醒。
所以你来到这里，我主，
你的爱情渗入虔诚的生灵的爱情里，
在一对对情人中间
充分显现你的姿容。

查尼普尔　格拉依
1910 年

向你顶礼

整个身躯俯伏在
　　你创造的凡世上！
天帝，向你顶礼，
　　向你顶礼。
崇敬的感情像七月的
雨云，将头压低，
　　天帝，向你顶礼，
　　　向你顶礼。
　　　心灵遥对你的金阙
　　　行跪拜礼！

各种音乐的细浪
汇成忘情的江水，
　　天帝，向你顶礼，
　　　向你顶礼，
　　　所有的歌曲
　　　　在静海里终止。

你掌握了我生命里寸寸的光阴

53

无尽的白昼与黑夜像飞往

玛纳斯圣湖①的鸿雁，

　天帝，向你顶礼，

　　向你顶礼，

　向着崇高的死亡的湖畔，

　　心儿飞驰！

1910 年

①位于喜马拉雅山上的一个湖泊，是湿婆的居住地。

你的爱高人一头

尘世上那些
　　爱我的人们，
他们紧紧地
　　拽住我的身心。
　　　　你的爱高人一头，
　　　　因为有新的方式。
　　　　不约束，任逍遥，
　　　　你给我充分的自由。

大家怕我将其忘却，
　　不肯让我分离。
时间一天一天流逝，
　　却仍未见到你。
　　　　我呼唤你或不呼唤你，
　　　　那幸福总与我相伴不离。
　　　　你的幸福企盼着
　　　　我的幸福。

　　　　　　于东印度铁路公司的火车上
　　　　　　　　　　1910 年

你掌握了我生命里
寸寸的光阴

55

我的心默默无语

主啊，你何时派出爱的使者？
那时我的一切矛盾都将解决。

　　那些来到我家里的人们，
　　他们以恫吓要我俯首听命。
　　　　不屈不挠的心把门关上，
　　　　不承认失败并奋力抗争。

他一到来，一切障碍便会消除；
他一到来，所有约束便会消失。
　　那时候谁还会呆在屋里，
　　大家都该响应他的号召。

　　当时他独自一人前来，
　　花环在他的脖子上摇摆。
　　　　当那花环触到我的心上时，
　　　　我的心默默无语。

　　　　　　　　　于火车上
　　　　　　　　　1910 年

我与你邂逅

降临的夜晚

　　融于白昼的大海。

就在那入海口，

　　我与你邂逅。

那里奔腾的狂涛巨澜，

冲击着此岸和彼岸。

那里的黑与白、

　　光与影融为一体。

从寂静的无底的蓝色大海

　　响起深沉的话语，

金灿灿的火花

　　从试金石上跃起。

我上前端详你的面孔，

左看右看也看不清，

迷梦搂抱着清醒，

　　我不禁潸然落泪。

　　　　　　圣蒂尼克坦

　　　　　　1910 年

心灵的情人的笑颜

没有人传播消息——
你等在无名河畔的
　　一片树林外面。
恍惚记得花香一缕
传送的喜讯曾经使
　　我的心激动得发颤。
那天听着听着
南风吟唱的一首离歌,
　　心旌不住地晃动。
茂密的绿叶随风摇曳,
无际的丛林的呜咽
　　在地平线上回萦。
那天我心里觉得
你就在我身旁的一个角落,
　　仅有两尺的距离。
一切看得清清楚楚,
仿佛只要伸出手,
　　就能触及你的纱丽。

心灵的情人的笑颜

多么深沉，多么甘甜！

　　顾盼多么安详，

眼神多么深邃，

缱绻多么甜美，

　　绿阴多么凉爽！

系上万千弦丝的宇宙之琴

隐形于这样的宁静中，

　　采撷着丰富的乐章。

七界的光消失于

这样怡人的绿阴里，

　　炎热变为阴凉。

这没有盛装的打扮

令历代帝王的珠玉

　　羞愧，退避三舍。

哦，你来吧，在这充实的一刻

攫取并收存

我永恒的人生。

　　　　　　　　　希拉伊达哈
　　　　　　　　　1912 年

你掌握了我生命里 寸寸的光阴

她的秋波撩神勾魂

"喂，旅客，暮色已降，
踏上旅程，你前往何方？
　　你脚下的路通往哪里？"
　　"不清楚，不清楚，兄弟，
皓月、红日、星宿的光芒
垒砌成接霄的高墙，
　　环围一座幽静的花园。
宇宙之心的附近，
矗立着秘密的拱门，
　　兄弟，那是我星夜旅行的终点。"

"喂，旅客，暮色已降，
你行色匆匆，穿一身新装。
　　什么人在那里居住？"
　　"不清楚，兄弟，不清楚。
我曾在月夜的梦境
听见胸中心灵之琴
　　弹出她的姓氏。
她的秋波撩神勾魂，
她身上的气息令人醉醺，
　　她的芳踪极其神秘。"

"喂，旅客，暮色已降，
你行色匆匆，笑漫脸庞，
　　那里有怎样的乐趣？"
　　"不清楚，不清楚，兄弟，
广宇般无涯的宫楼
只容一对新人共度春秋，
　　绝无他人的栖身之处。
时常可以望见云帐雾幕之间
　　快乐的闪电在跳舞。"

"喂，旅客，暮色已降，
你行色匆匆，在琼阁仙乡
　　谁为你指路？"
　　"不清楚，兄弟，不清楚。
但已经获得消息，
为人指路的咒语
　　已写满无际的天幕，
每日在我的心岸，
响起的浑厚的乐曲是未受伤的
　　琴弦弹奏出的咒语。"

　　　　　　　　希拉伊达哈
　　　　　　　　1912 年

61

一条没有尽头的路

一条没有尽头的路，
　　　　旅行需要很长时间，
第一次旅行，我登上
　　　　第一束曙光的车辇。
驱车驶过繁星，
一道道深深的辙痕
在一个个世界的
　　　　森林、山岳间伸延。

相距得最近，
　　　　要走的路最远。
掌握最简单的乐曲
　　　　需要最艰苦的演练。
经过一户户生人的门口，
旅客最后走进自己的家园。
在外部世界游历，
　　　　才能看见心殿里的神明。

我走过无数条路，
　　　　举目朝各个方向巡视，

最后惊讶地说：

　　　　"你原来在这里。"
"你在哪儿？"的询问
融入深澈的泪泉，
与"你在这里"汇成
　　　　千股洪流，在世界泛滥。

　　　　　　　　　希拉伊达哈
　　　　　　　　　1912 年

你掌握了我生命里寸寸的光阴

我把我自己扩大

我把我自己扩大，
　　这就是我的幻想。
以你的光亮染色，
　　我就抛下彩色影像。
尽管你大声呼叫，
可你离我千里迢迢。
　　你自身的分离
　　只给我带来躯壳。

离别之歌奏起来，
　　响彻宇宙天空。
多彩的哭泣欢笑，
　　蕴含多少期望惊恐。
多少大浪起与落，
多少酣梦生与破，
　　我的心中只存在
　　你所留下的失败。

这是你的帷幕，
　　你已把它卷起。

我以昼夜之笔，
　　描绘千张图纸。
这其中有的给你，
已为你安排下床椅。
　　什么直线也不见，
　　全是优美的曲线。

如今天空云彩聚集，
　　你和我才得以会面。
你我所玩的游戏，
　　遍布远近各地。
因有你我的歌声，
清风才漫游小树林。
　　在你我来往之中，
　　消磨着一切光阴。

　　　　希拉伊达哈
　　　　1912 年

65

一缕幽香的芳踪

莲花盛开的那天，
　　不知为何心神不定，
我不曾携来的花篮
　　羁留在秘密之中。
不时受惆怅侵扰的心
　　从梦中惊醒，
在吹来的南风中看见
　　一缕幽香的芳踪。

那幽香引诱我
　　心情淡泊地周游各国。
我仿佛在追寻它那
　　弥漫新春气息的世界。
我不知道它近在咫尺，
　　而且是属于我的。
这芳馨在我的心林
　　鲜为人知地散逸。

　　　　　　　　希拉伊达哈
　　　　　　　　1912 年

万世永生

你神奇的游戏
　　使我万世永生。
你斟满我倒空的心杯
　　以充实我崭新的生命。
你携带小巧的情笛，
跨过山冈，越过流水。
你吹过多少支乐曲，
　　我告诉哪一个人？

在你甘露般的抚摩下，
　　我这颗心
消融于无边的欢乐，
　　发出欢快的乐音。
你日夜不停的赐予
只放在我的一只手里。
一个个时代在消逝，
　　赐予仍不断地放在我的手中。

　　　　　　圣蒂尼克坦
　　　　　　1912 年

你掌握了我生命里寸寸的光阴

拥抱至高无上的死

我已把认输的花环挂在你的颈上。
伪装的毅力推我到远方。
我知道，我知道娇嗔从此飘逝，
心灵被沉重的痛楚压碎。
空虚的心笛吹奏一曲离歌，
冷酷便化为滚滚热泪。

百瓣莲花一层层绽放，
花蜜不会长久地躲藏。
是谁在高空俯视？
是谁在屋外小声呼唤？
在你足下拥抱至高无上的死亡，
别的什么也不值得眷恋。

圣蒂尼克坦
1912 年

你美丽的臂钏

你美丽的臂钏
镶嵌着明星，
色彩斑斓，
金光闪闪。
你的神钺
映着蛇形闪电，
愈加灼灼耀眼。
你的坐骑金翅鸟
夹着片片晚霞，
飞翔在夕阳下垂的西天。

就像暮年最后的觉醒，
燃烧着伟大的情感——
我突发的强烈的理念
刹时间也燃烧起来了。
是的，镶嵌着明星，
你的臂钏极其精美。
大神，你的神钺
也永放熠熠的光辉。

1912 年 6 月 15 日

你掌握了我生命里
寸寸的光阴

69

赐给我爱的珍品

我唱你的歌曲，
　　你赐给我坚韧的弦琴。
我恭听你的教诲，
　　你赐给我不朽的经文。
我侍奉在你身旁，
　　你赐给我无穷的力量。
我瞻仰你的圣容，
　　你赐给我难撼的虔诚。
我承受你的打击，
　　你赐给我足够的耐心。
我高举你的旗子，
　　你赐给我不动摇的坚定。
我担起整个世界，
　　你赐给我旺健的生命。
我甘愿一贫如洗，
　　你赐给我爱的珍品。
我追随你前进，
　　你赐给我助手的地位。
我与你一起战斗，
　　你赐给我你的武器。
我在你的真理中苏醒，
　　请对我大声呼唤。

我挣脱享乐的奴役，

　你赐给我广博的德善。

　　　　　圣蒂尼克坦

　　　　　1913 年

你掌握了我生命里寸寸的光阴

心啊，平静

在人生的激流巨浪之巅，
　　什么灯火在漂泊摇颤？
我坐在无人的堤岸，
　　每时每刻都在观看。
漂呀漂而又未漂走，
却笑着朝我处漂游。
我真想跳起来伸出双手，
　　心想拿起来看看。

心啊，平静，平静！
　　其实，不应去拿的。
它不是珍珠不是宝石，
　　不是掉落的花蒂。
它游移于远近前后，
或者隐避或者闪现，
生活中莫把它掠取，
　　一旦被拿起它就会死去。

圣蒂尼克坦
1913 年

今天我该上路了

在我那毁灭的红尘道路上，
　　　　留下了何人的足迹？
从他脖子的花环上
　　　　落下花瓣一批一批。
他走来时没有声响，
离去时依然如此。
唉，他这样地对我，
　　　　除他之外，谁会让我哭泣？

黎明柔和的曙光出现时，
　　　　路上散发着花香。
春天出现在大地上，
　　　　身披彩色的盛装。
那天未得到消息，
大家都坐在家里。
今天我该上路了，
　　　　带着我生活的忧伤。

　　　　于去库斯蒂亚途中的轿子上
　　　　　　　　1914 年

你掌握了我生命里／寸寸的光阴

73

我的痛苦

每当我的痛苦把我领到
　　　　你的大门前，
那时请你出来把门打开，
　　　　并把它呼喊。
它是一文不名的乞丐，
大家离去，它也走开。
它从荆棘路上跑来，
　　　　迎接你的车辇。
请你出来把门打开，
　　　　并把它呼喊。

每当我的痛苦让我演奏，
　　　　妙曲声便会四起，
你就再也不能呆在远处，
　　　　缘于歌的引力。
我那歌声滚动前行，
如暴雨夜晚的鸟鸣。
一旦你走到外边来，
　　　　在漆黑的夜晚，
请你出来把门打开，

并把它呼喊。

加尔各答

1914 年

你掌握了我生命里寸寸的光阴

盼望有谁来

那天夜里我家的门
　　　　被风暴吹坏。
我不知道是你
　　　　要到我家里来。
黑暗笼罩着一切，
我已把灯火熄灭。
我把手伸向天空，
　　　　心里盼望有谁来。

天黑了我已躺下，
　　　　正在睡梦里。
我哪知道风暴是
　　　　你的胜利旗帜。
清晨醒来我看见
你独自
站在我屋内的
　　　　空虚之上。

　　　　　　　圣蒂尼克坦
　　　　　　　1914 年

你就在我的身边

你在我心中隐藏，
　　我却始终看不见你。
眼睛只能看到外面，
　　我无法看到心里。
在我的一切爱恋、
一切打击和希望中，
你就在我的身边，
　　我却不能靠近你。
你成为我的欢乐，
　　存在于我的游戏里。
由于欢乐而迷茫，
　　碌碌无为虚度时光。
你秘密地深留在心宫，
在我苦乐的歌里，
你给我妙曲，
　　我却未能唱出你的歌！

　　在前往加尔各答途中的火车上
　　　　　　1914 年

你掌握了我生命里寸寸的光阴

它无边无际

用喜悦塑就的我的身躯无边无际，
不竭的光和热藏于它的原子里。
　　　　　　它无边无际。
繁花的芬芳赋予它惑魂的咒语，
使它摇摇曳曳的是水浪的旋律。
　　　　　　它无边无际。
它一层层积累着情曲的爱怜，
它沉浸于五光十色的趣味的波澜。
　　　　　　它无边无际。
启明星在晓梦中多次将它抚摩，
春天常给它倾注不可言喻的欢乐。
　　　　　　它无边无际。
啜吮历史的乳汁它获得了生命，
人世以圣洁的雨露培育它的光荣。
　　　　　　它无边无际。
它是我的伴侣，献给我新郎的花环，
我三生有幸，庭院里无数华灯由它点燃。
　　　　　　它无边无际。

圣蒂尼克坦
1914 年

那是你的花朵

你在我院子里使花持续开放。
我来往的道路因花香而激荡。
　　　　　啊，那是你的花朵。
他们抬起头来朝我的心灵观看。
他们以你的呼声把我的名字叫喊。
　　　　　啊，那是你的花朵。
你身边有什么，我以此而欢腾，
他们散布四方，你将其撒向天空。
　　　　　啊，那是你的花朵。
主啊，你口中的亲切话语不断，
而他们度日却心不在焉。
　　　　　啊，那是你的花朵。
早晨之后的早晨，夜晚之后的夜晚，
他们把你不朽的勤奋顶在头上。
　　　　　啊，那是你的花朵。
我的勤奋以笑脸无声地求拜。
他们脸上有你许多世纪的期待。
　　　　　啊，那是你的花朵。

你掌握了我生命里寸寸的光阴

啊，美

啊，美，
朝夕与你在一起，
　我的心灵深感荣幸，
我的躯体充满仁慈，
　啊，美，
在你的光照下，我的
眼睛动情地睁开，
在我的心空里缓缓吹过
　芳香的微飔。

　啊，美，
你五彩的摩挲
　染红我的灵魂，
你团聚的甘露
　储满了我的心。
在你的暖怀中，
让我的生命常新，
从今生到来世，
　啊，美！

罗摩迦尔
1914 年

我生命的牧童

日月星辰
　　是你的牛群，
你坐在何处吹笛，
　　听凭牛群驾雾腾云？
萋萋芳草仰首驰目，
行行碧树枝叶扶疏。
在花朵和果实里，
　　累乏的光牛安卧憩息。

清晨牛群奔跑，
　　尘土满天。
傍晚你吹着暮曲，
　　驱赶牛群进入牛圈。
无忧无虑地四处游逛，
是我多年的渴望。
我生命的牧童啊，
　　黄昏，你会对我呼唤？

罗摩迦尔

1914 年

爱情的琼浆

谁的双手在天空泼洒爱情的琼浆？
那琼浆洒落一个个世界，纷纷扬扬。
树木把那琼浆储满它的绿叶，
大地以自己硕大的头颅承接。
繁花把那琼浆抹遍自己的芳躯，
百鸟竞相汲取，以丰满自己的羽翼。
孩子们从母亲的怀里舀取琼浆，
母亲们总看见它在孩子的脸上。
它与痛苦的火焰一起熊熊燃烧。
它融于泪河，翻卷丰收的滚滚波涛。
它从英雄破碎的心中汩汩流出，
融入貌似死亡的生命的洪流。
它以兴衰破立的铿锵的节奏，
世世代代，在千邦万国跳舞。

罗摩迦尔
1914 年

你已经使我永生

你已经使我永生，这样做是你的欢乐。这脆薄的杯儿，你不断地把它倒空，又不断地以生命来充满。

这小小的苇笛，你携带着它逾山越谷，从笛管里吹出永新的音乐。在你双手不朽的安抚下，我的小小的心，消融在无边快乐之中，发出不可言说的词调。

你的无穷的赐予只倾入我小小的手里。时代过去了，你还在倾注，而我的手里还有余量待充满。

我生命的生命

　　我生命的生命，我要保持我的躯体永远纯洁，因为我知道你的生命的抚摩，接触着我的四肢。

　　我要永远从我的思想中摒除虚伪，因为我知道你就是那在我心中燃起理智之火的真理。

　　我要从我心中驱走一切的丑恶，使我的爱开花，因为我知道你在我的心宫深处安设了座位。

　　我要努力在我的行为上表现，因为我知道是你的威力，给我力量来行动。

我最爱的人

在七月霾雨的浓阴中，你用秘密的脚步行进，夜一般的轻悄，躲过一切守望的人。

今天，清晨闭上眼，不理连连呼喊的狂啸的东风，一张厚厚的纱幕遮住永远清醒的碧空。

林野住了歌声，家家闭户。在这冷寂的街上，你是孤独的行人。啊，我唯一的朋友，我最爱的人，我的家门是开着的——不要梦一般地走过吧。

你掌握了我生命里寸寸的光阴

在这困倦的夜里

在这困倦的夜里，让我帖服地把自己交给睡眠，把信赖托付给你。

让我不去勉强我的萎靡的精神，来准备一个对你敷衍的礼拜。

是你拉上夜幕盖上白日的倦眼，使这眼神在醒来后的清新喜悦中，更新起来。

用你的生命把爱的灯点上吧

灯火，灯火在哪里呢？用熊熊的渴望之火把它点上吧！

灯在这里，却没有一丝火焰，——这是你的命运吗？我的心啊！你还不如死了好！

悲哀在你门上敲着，她传话说你的主醒着呢，他叫你在夜的黑暗中奔赴爱的约会。

云雾遮满天空，雨也不停地下。我不知道我心里有什么在动荡，——我不懂得它的意义。

一霎的电光，在我的视线上抛下一道更深的黑暗，我的心摸索着路径寻找那呼唤着我的夜的乐音。

灯火，灯火在哪里呢？用熊熊的渴望之火把它点上吧！雷声在响，狂风怒吼着穿过天空。夜像黑岩一般的黑。不要让时间在黑暗中度过吧。用你的生命把爱的灯点上吧。

赐给我力量

这是我对你的祈求,我的主——请你铲除,铲除我心里贫乏的根源。

赐给我力量,使我能轻闲地承受欢乐与忧伤。

赐给我力量,使我的爱在服务中得到果实。

赐给我力量,使我永不抛弃穷人也永不向淫威屈膝。

赐给我力量,使我的心灵超越于日常琐事之上。

再赐给我力量,使我满怀爱意地把我的力量服从你意志的指挥。

让慈云低垂下降

在我干枯的心上，好多天没有受到雨水的滋润了，我的神。天边是可怕的赤裸——没有一片轻云的遮盖，没有一丝远雨的凉意。

如果你愿意，请降下你的死黑的盛怒的暴雨，以闪电震慑诸天吧。

但是请你召回，我的主，召回这弥漫沉默的炎热吧，它是沉重尖锐而又残忍的，用可怕的绝望焚灼人的心。

让慈云低垂下降，像在父亲发怒的时候，母亲的含泪的眼光。

我们约定了同去泛舟

在清晓的密语中，我们约定了同去泛舟，世界上没有一个人知道我们这无目的无终止的遨游。

在无边的海洋上，在你静听的微笑中，我的歌唱抑扬成调，像海波一般的自由，不受字句的束缚。

时间还没有到吗？你还有工作要做吗？看吧，暮色已经笼罩海岸，苍茫里海鸟已群飞归巢。

谁知道什么时候可以解开链索，这只船会像落日的余光，消融在黑夜之中呢？

他正在走来

你没有听见他静悄的脚步吗？他正在走来，走来，一直不停地走来。

每一个时间，每一个时代，每日每夜，他总在走来，走来，一直不停地走来。

在许多不同的心情里，我唱过许多歌曲，但在这些歌调里，我总在宣告说："他正在走来，走来，一直不停地走来。"

四月芬芳的晴天里，他从林径中走来，走来，一直不停地走来。

七月阴暗的雨夜中，他坐着隆隆的云辇，前来，前来，一直不停地前来。

愁闷相继之中，是他的脚步踏在我的心上，是他的双脚的黄金般的接触，使我的快乐发出光辉。

我要把这光宠铭记在心

　　我想我应当向你请求——可是我又不敢——你那拌在颈上的玫瑰花环。这样我等到早上，想在你离开的时候，从你床上找到些碎片。我像乞丐一样破晓就来寻找，只为着一两片散落的花瓣。

　　啊，我啊，我找到了什么呢？你留下了什么爱的标记呢？那不是花朵，不是香料，也不是一瓶香水。那是你的一把巨剑，火焰般放光，雷霆般沉重，清晨的微光从窗外射到床上。晨鸟喊喊喳喳地问："女人，你得到了什么呢？"不，这不是花朵，不是香料，也不是一瓶香水——这是你的可畏的宝剑。

　　我坐着猜想，你这是什么礼物呢？我没有地方去藏放它。我不好意思佩带它，我是这样的柔弱，当我抱它在怀里的时候，它就把我压痛了。但是我要把这光宠铭记在心，你的礼物，这痛苦的负担。

　　从今起在这世界上我将没有畏惧，在我的一切奋斗中你将得到胜利。你留下死亡和我做伴，我将以我的生命给他加冕。我带着你的宝剑来斩断我的羁勒，在世界上我将没有畏惧。

　　从今起我要抛弃一切琐碎的装饰。

　　我心灵的主，我不再在一隅等待哭泣，也不再畏怯娇羞。你已把你的宝剑给我佩带。我不再要玩偶的装饰品了！

生命的泉水

就是这股生命的泉水，日夜流穿我的血管，也流穿过世界，又应节地跳舞。

就是这同一的生命，从大地的尘土里快乐地伸放出无数片的芳草，迸发出繁花密叶的波纹。

就是这同一的生命，在潮汐里摇动着生和死的大海的摇篮。

我觉得我的四肢因受着生命世界的爱抚而光荣。我的骄傲，是因为时代的脉搏，此刻在我血液里跳动。

你掌握了我生命里

寸寸的光阴

我应当自己发扬光大

我应当自己发扬光大，四周放射，投映彩影于你的光辉之中——这便是你的幻境。

你在你自身里立起隔栏，用无数不同的音调来呼唤你的分身。你这分身已在我体内成形。

高亢的歌声响彻诸天，在多彩的眼泪与微笑、震惊与希望中回应着。波起复落，梦破又圆。在我里面是你自身的破灭。

你卷起的那重帘幕，是用昼和夜的画笔，绘出了无数的花样。幕后的你的座位，是用奇秘的曲线织成，抛弃了一切无聊的笔直的线条。

你我组成的伟丽的行列，布满了天空。因着你我的歌音，太空都在震颤，一切时代都在你我捉迷藏中度过了。

我忘却了自己

就是他，那最深奥的，用他深隐的抚摩使我清醒。

就是他把神符放在我的眼上，又快乐地在我心弦上弹弄出种种哀乐的调子。

就是他用金、银、青、绿的灵幻的色丝，织起幻境的披纱，他的脚趾从衣褶中外露，在他的抚摩之下，我忘却了自己。

日来年往，就是他永远以种种名字，种种姿态，种种的深悲和极乐，来打动我的心。

你掌握了我生命里 / 寸寸的光阴

你掌握了我生命里寸寸的光阴

在许多闲散的日子，我悼惜着虚度了的光阴。但是光阴并没有虚度，我的主。你掌握了我生命里寸寸的光阴。

你潜藏在万物的心里，培育着种子发芽，蓓蕾绽红，花落结实。

我困乏了，在闲榻上睡眠，想象一切工作都已停歇。早晨醒来，我发现我的园里，却开遍了异蕊奇花。

生还人界

我在心田开辟的路上
　　　　阔步前进，
你也在这条路上前行。
　　所以我的心儿
　　　疼得战栗，
　　　　瑟瑟战栗。
你是痛苦路上的旅人，
你迈步的脚吻着疼痛，
我坚韧的泪珠支撑
　　　　我执著的奋斗，
　　　　历经万世。

望着眼泪的洪水，
　　　　不会恐慌，
　　　我决不会恐慌。
你以死亡紧紧地
　　　　牵引我渡海，
　　　我必将渡过大海！
暴风唱着狂放的歌曲，

你掌握了我生命里一寸寸的光阴

今日朝你飞去，
扑上来掀翻航船，
　　我落水时抓住你的脚，
　　生还人界。

　　　　　　　　加尔各答
　　　　　　　　1914 年

我认识各种悲痛

进攻，获胜，
你一天天占据我的心灵。
　　推倒享受的屏障，
　　　你步入我的心房，
　　在死亡面前，
　　　　我一次次认识各种悲痛。

确认是风暴之夜，
我请你来掌舵。
　　在途中的集市，
　　不要抛弃我，
　　当我的物品全部卖空，
　　　你可以把我买下。

苏鲁罗
1914 年

你掌握了我生命里一寸寸的光阴

99

谁迷醉于你消魂的娇颜

谁迷醉于你消魂的娇颜？
　　死亡跳舞是不是
　　　　在你的脚边？
它撕碎秋阳的华服，
金光闪闪地狂舞。
　　你的乱发招来风暴，
　　　　谁迷醉于你消魂的娇颜？

狂风中滚动着抖颤，
　　成熟的水稻惊恐万状，
哆嗦不止，在丰熟的农田。
　　我知道在哀号的天籁里
　　　　你结束祭祀，
在茫茫泪海的岸边。
　　　　谁迷醉于你消魂的娇颜？

　　　　　　　　　　苏鲁罗
　　　　　　　　　　1914 年

圣洁我的人生

以火的点金石
　　　点触
　　　　　我的灵魂。
烈火中
　　　圣洁
　　　　　我的人生。
举起
　　　我的
　　　　　肉胎凡身，
作为
　　　你神庙里的
　　　　　一盏灯。
歌咏中
　　　亮着灯光，
　　　　　从清晨到黄昏。
以火的点金石
　　　点触
　　　　　我的灵魂。
黑夜的躯体，
　　　你一遍遍

抚摩，

一整夜你

绽开的新星，

闪闪烁烁。

抹尽

视野里的

黑暗，

目光所及，

处处

光明闪现。

我焚烧的

愁苦，

遁往高空，

以火的点金石

点触

我的灵魂。

苏鲁罗

1914 年

轻柔的抚摩

啊，朋友，啊，情人，

　　　除了亲切的话语，

轻柔的抚摩，也常常

　　　潜入我的心灵。

现在我束手无策，

　　　不晓得如何

消除行路的疲惫

　　　和整天的饥渴。

告诉我，告诉我

　　　黑暗全是你的身影。

轻柔的抚摩，也常常

　　　潜入我的心灵。

我不仅向他人索取，

　　　也乐于慷慨地施与，

我这颗奔波的心负载着

　　　准备奉献的全部积蓄。

请把你摊开的手

放在我的手上。

你这双能带来丰收的手，

我收藏在心房——

从此踽踽独行

显得优美动人。

轻柔的抚摩，也常常

潜入我的心灵。

圣蒂尼克坦

1914 年

我的辞世是你的胜利

我的辞世是你的胜利，
我的一生是你的履历。
我的愁绪是百瓣红莲，
此刻将你的双足围绕。
我的慷慨是晶莹珠玑，
点缀在你的王冠上。

我的牺牲是你的胜利，
我的爱情饱含你的情义。
我的忍耐是你的大路，
穿过林莽，越过峻岭。
我的勇武是你的战车，
你的大旗在上面飘动。

苏鲁罗
1914 年

你掌握了我生命里寸寸的光阴

点燃我火红的灵光

你如同插上秧的稻田
　　　上面倾洒着翠绿的琼浆，
在我广阔的心原，
　　　展露一派秀丽风光。
你像光辉映照
一片流动的乌云，
脚步轻轻，
　　　步入我的心房。

穿林的春风
　　　融入你淡淡的愁绪，
我的心中不觉
　　　涌起莫名的忧郁。
你像炽光点燃
云天中的一道道闪电，
你以不竭的热力
　　　点燃我火红的灵光。

苏鲁罗
1914 年

窃取我完整的心

天空普降你的蜜意甜情，
我的心原何处还能收容？
　　日月星辰的光华
　　　像亿万雨脚哗哗落下，
　　　　它充盈着我的心灵。

你那被浸润的花瓣颜色宛如幽梦，
当触及到我的魂魄时它才苏醒。
　　你拨动了世界的琴弦，
　　　爱情刹那间随乐曲飘散，
　　　　你那天窃取我完整的心。

　　　　　苏鲁罗
　　　　　1914 年

你掌握了我生命里寸寸的光阴

107

未能亲近你的圣足

哦，不，这不是我的尘土，
　　　　在你尘土厚积的大地上，
　　我随晚风飞舞，
以泥土点燃火焰，
身躯当作祭盘。
祭神的仪式一结束，
　　　我便倒地搂住你的圣足。

　　　用于祭神的花朵，
一路上，从竹篮
　　　纷纷垂落，
烛台上我亲手
放置许多灯烛，
火苗在风中熄灭——
　　　未能亲近你的圣足。

苏鲁罗

1914 年

你务必争得自由

这句话铭记在心：

　　　你务必争得自由。

你要坚定地走上

　　　通往彼岸的道路。

无忧无虑地亮开歌喉，

高唱着歌曲横渡

大海，迎着飓风，

　　　豪迈地与巨浪搏斗。

迂曲的路上时退时进，

　　　你要抓紧时间歇息。

勇敢地踩碎路上

　　　布满的狠毒的荆棘。

牢牢抓住幸福的希冀，

你不要被死神吓死，

充实你的生活，

　　　双肩撑住死神的打击。

苏鲁罗

1914 年

你掌握了我生命里一寸寸的光阴

你醒醒

在我凄楚、幽秘的心房，
你独自静卧在花榻上——
　　　最亲爱的，哦，你醒醒！
我落寞地立在关闭的门口，
我主，这样还要过多久？
　　　最亲爱的，哦，你醒醒！

缀满夜幕的繁星
注视着我的窗棂——
　　　最亲爱的，哦，你醒醒！
让我的生命吟唱歌曲，
不要让你的琴弦沉默无语——
　　　最亲爱的，哦，你醒醒！

我的眼眸融入你的眼眸，
我的手握着你的手——
　　　最亲爱的，哦，你醒醒！
两只心杯斟满甘露，
在诚挚的阳光语声中幽幽颤抖——
　　　最亲爱的，哦，你醒醒！

　　　　　　　　　苏鲁罗
　　　　　　　　　1914 年

蓝天劫夺了我的心

哦，今天阳光在我的生命中唱歌，
哦，潜入我庭院的是哪一个？
　　注入一泓闲情，
　　蓝天劫夺了我的心，
哦，和风的欢乐之箭射中了我。

地平线上绿树的倩影下，
我的躯体内仿佛绽开了鲜花。
　　我心中的清芬
　　逸出体外寻找何人？
哦，五彩的生活朝谁投送秋波？

　　　　　　圣蒂尼克坦
　　　　　　1914 年

你掌握了我生命里寸寸的光阴

黄昏悄悄摘下她金灿灿的首饰

黄昏悄悄摘下
　　她金灿灿的首饰。
天际拖曳着她散落的黑发，
手中捧着闪光的星辰之花，
　　暮色笼罩着她的祭祀。

她缓缓地把自己的疲惫
　　塞进宁静的鸟巢里。
丛林深处，胸前的衣襟遮住
流萤之灯，宁静的念珠
　　拨了一回又一回。

她那藏起来的艳丽花卉
　　秘密地散逸着芳菲。
她生命的凝重话音
在和风中悄然融入
　　沉甸甸的情思。

面纱后面她的秀目
　　噙着晶亮的水珠。
她风姿的无穷异彩
对无形的幽黑表示
　　至诚的敬意。

　　　　　　　　圣蒂尼克坦
　　　　　　　　1914 年

这不是忧悒

这不是忧悒，不是欢娱，

　　这是深广的静谧。

　　它超越我拥有的一切，

　　　　弦乐般扩向哪里？

它超越自身，超越住宅，超越安恬，

携带我同往生与死之岸——

　　　　一身旅人的打扮。

　　这不是忧悒，不是欢娱，

　　这是深广的静谧。

她脚下是大千世界，在幽静的青空

安置她的座位，她的罗裙由光影织成。

长久的惶恐、忧虑烟雾似地消逝，

阳光照透是非、善恶的废墟，

　　　　抹尽暝黑。

　　这不是忧悒，不是欢娱，

　　这是深广的静谧。

　　　　　　　　　　圣蒂尼克坦

　　　　　　　　　　1914 年

请接受我最后的奉献

我的鲜花已开败，
　　　　我的赞歌已唱完——
此刻，天帝，请接受我最后的奉献。
　　我在你的圣足下
　　敬献泪水滋养的莲花——
　　你的手握住我的双手，
　　　　接受我的生命。
此刻，天帝，请接受我最后的奉献。

揩去我一脸的羞涩，
　　　　打消我的恐惧。
制服我多年积累的
　　　　一切彷徨、犹豫。
　　接受我子夜的幽暗，
　　接受我屋里的孤灯一盏，
　　接受我所有的力量和
　　　　一切哀怨。
此刻，天帝，请接受我最后的奉献。

　　　　　　　　圣蒂尼克坦
　　　　　　　　1914 年

我的心镜

我的心镜显现
　　你宇宙的慈相。
你的苍穹是硕大的莲花，
　　在我的心海绽放。
这蔚蓝、这葱绿，
滋润着我的身体。
染红我热血的，
　　是你那万道霞光。

我心中，这秋日
　　热情的朝晖
刹那间送来
　　世代的喁喁情语。
你静穆的繁星，
在午夜目不转睛，
为什么在我心扉前，
　　倾吐着热望之情？

　　　　圣蒂尼克坦
　　　　1914 年

你掌握了我生命里
寸寸的光阴

属于我的你

从黑暗之泉喷溅的光辉
　　是你的光辉。
一切在矛盾、对峙中苏醒的至美
　　是你的至美。

朝着路上的尘埃敞开胸怀的宅第
　　是你的宅第。
暴力点缀着的残酷的仁慈
　　是你的仁慈。

消耗殆尽，剩下的看不见的赠品
　　是你的赠品。
死亡往自己杯中斟满的生命
　　是你的生命。

黎民百姓的脚下封尘的土地
　　是天国的土地。
率领苍生藏在苍生中的你
　　是属于我的你。

　　　　　　　　　阿拉哈巴德
　　　　　　　　　1914 年

胜利是属于你的

砸开锁闭的门，你来了，光明的使者——
　　　　胜利是属于你的。
撕扯夜幕的心胸，雄伟的崛起者，
　　　　胜利是属于你的。
啊，战无不胜的英雄，在新生活的拂晓，
你举起一柄崭新希望的宝刀，
奋力劈碎了陈腐的痴想和烦恼。
　　　　拆毁樊篱！
　　　　胜利是属于你的！

来吧，受苦者，来吧，冷酷者——
　　　　胜利是属于你的。
来吧，纯洁者，来吧，无畏者，
　　　　胜利是属于你的。
晓日升起了，身着湿婆的法袍，
在荆棘丛生的路上吹响你的号角，
让太阳的火焰在心中熊熊燃烧。
　　　　叫死神隐逝，
　　　　胜利是属于你的！

　　　　　　　　　　阿拉哈巴德
　　　　　　　　　　1914 年

你掌握了我生命里寸寸的光阴

117

远望深广的心空

远望深广的心空，
　　电光灼灼，
你那富饶的创造
　　走进我的生活。
在流逝岁月的背景前，
创造向一个个世界扩展，
我常看见的只是它
　　朦胧的轮廓。

我暗想，啼笑、
　　爱怜、鄙视，
全是我自己做的
　　浪花游戏。
那个我不过是载体，
泥罐难免会破碎——
遗留下的你的珍宝，
　　与你难分难离。

我的索取、收获

布满你的乾坤，

为年年岁岁的

温暖春风增韵添色。

我的生活交织着欢欣、忧伤，

在三界宏阔的怀里摇晃。

昼夜是我那缠绕圣足的

花环上的花朵。

窥见自身中的生活，

心儿不禁痛哭。

瞬息幻化成的长链

将我牢牢地捆住。

创伤愈合，阻挠退却——

哦，我心中的欢娱，

看见你露面，我眼前的

幻觉即刻隐没。

阿拉哈巴德

1914 年

你掌握了我生命里／寸寸的光阴

119

我心花怒放

刹那间，数不清的
　　瞬息遽然消失——
我心花怒放，
　　一切都将合而为一。
一缕漆黑的幽香
逸出胸中花苞的牢房，
今天早晨祭神的时候，
　　对阳光稽首施礼。
我和你之间没有
　　丝毫的距离——
睁眼，闭眼，
　　都看得很清晰。
一睁开眼皮，
低垂的头一抬起，
你就会听到我胜利的呼声
　　惊天动地。

　　　　　　阿拉哈巴德
　　　　　　1914 年

你凝神遥望

别去其他地方，
哦，你凝神遥望！
　　在东方的天边，
　　升起金色篷帆，
　　轻舟已起航——
　　哦，你凝神遥望！

在那昏暗的沙滩上，
欢乐之歌在回响。
　　为赴期待已久的幽会，
　　你的水手终于站在
　　　　险峻的生活之岸上。
　　哦，你凝神遥望！

你的轻舟沐浴在
灿烂的朝晖里，
　　它脚下的彩篮
　　装着哪片树林里的鲜花？
　　空中弥漫着幽香。
　　哦，你凝神遥望！

阿拉哈巴德
1914 年

你
掌握了我
生命里
寸寸的光阴

你是我永恒的生命

哦，我亲爱的主，你是我最珍贵的财富。

哦，你是我永恒的生命，永世伴我行路。

　　你是我永不满足的满足，

　　你是我受束缚时的自由，

哦，你是我的生死，是我极度的欢乐、痛苦。

哦，你是我一切归宿中最理想的归宿。

哦，你是永恒的爱情天堂里我至尊的主。

　　哦，你属于我属于众生，

　　哦，你周游世界周游心灵——

你以常新的形式做无穷的游戏。

　　　　　　　　　　1910 年

爱的抚摩

哦，世界，
　我不爱
你的时候，
　你的阳光
寻找不到它的财富。
　这期间，
　　苍天
　擎着灯，
在虚无中俯视路径。

我的爱唱着歌，
姗姗而来，耳语片刻，
　摘下自己的花环，
　　戴在你的胸前，
眼里漾出动情的笑容，
　悄悄送给你的赠品
在你幽秘的心里永远
　编入繁星的花冠。

苏鲁罗

1915 年

你掌握了我生命里一寸寸的光阴

你我

在你孤寂的日子里，

你没有看见你自己。

那时也不必眺望路上走来什么人。

看不见啜泣的无羁的清风

从此岸吹向彼岸。

我来了，你从梦中苏醒，

阳光的欢乐之花开在空中。

你催开繁花，让我在

繁华景象的秋千上荡漾。

你把我撒向繁星，

又把我捡回搂在怀中。

你把我藏在死亡里，

随即又把我收回。

我来了，你的胸脯颤抖，

我来了，也带来了你的痛苦，

我来了，也带来了你的欢乐，燃起情火，

也带来了卷起生死的台风的春天。

我来了，所以你也来了，

你对我的脸凝视，

得到我的

摩挲，你也得到你自己的摩挲。

我胸中有惶恐，眼里有羞涩，

我的面纱滑落。

见到你难受，我掉下眼泪，

哦，我的主，

我省悟，

你在观看我的无限奇景，

否则日月星辰毫无意义。

帕德玛河畔

1915 年

你掌握了我生命里 / 寸寸的光阴

未知

下河游泳，带着肉体的小舟，
渡过短暂年寿的河流。
　　　随后年寿告终，
　　　　　任小舟飘零。
以后再不去打听它的消息，
它会有怎样的明亮，怎样的幽暗！

我欣慰，我是未知的旅人，
未知激发并解决矛盾。
　　　已知用劲
　　把我踹入它的陷阱，
未知却跑到跟前猛泼疑惑，
一转眼炸碎所有的羁勒。

未知是我的舵手，未知是自由，
我与它签定了终身协议书。
　　　冷酷的爱情吓唬我，
　　　把我的恐惧打破。
它不理睬理智，不理睬老人的振振有词，
它解放珍珠，把蚌壳敲碎。

你坐着想那消逝的日子能否归返，
那小舟能否泊在彼岸。

消逝的日子不会回归，不会回归！
彼岸没有那小舟的泊位！
你害怕前面，后面便缠住你，
你时乖命蹇？砸碎吧，砸碎樊篱！

哦，诗人，任筵席散去，晚钟已敲响，
滚滚潮水翻涌着波浪。
他至今未露面，
因而我心绪烦乱。
在何处与未知接触，以什么方式？
在哪里的海岸上正上演新戏？

帕德玛河畔
1915 年

你掌握了我生命里
寸寸的光阴

我憬悟

今天早晨的天空
　　缀满晶莹的露珠，
朝阳下闪闪发光。
　　河边的一行大树
　　　仿佛立在心田，
　　　亲密无间。
于是我憬悟，
这悠悠宇宙
　　是无边心海的一朵
　　莲花，随风摇曳。
于是我明白，
我是与音籁共处的音籁，
我是与情歌共处的情歌，
我是与魂魄共处的魂魄，
　　我是一束明亮的光，
　　穿透黑暗的心脏。

　　　　　　斯利那加 克什米尔
　　　　　　　　1915 年

重塑

原先你伫立在光影中间，
　　然后从天帝的心境出发，
　　　跨越天地的界线，
　　　　进入人间的形象之宫，
如同拂晓模糊不清的征兆、
　　红木轻微的簌簌声、
　　　残夜时分令人惊喜的曙光的流盼。
当朝霞尚无自我意识——
有鸟啼叫的峰峦
　　　在飘荡的彩云的书简中
　　　尚未得到自己的乳名。
随后它缓慢地降临大地，
　　它的无限的暗影面纱
　　　　垂落在旭日染红的东海边。
世界用墨绿、金黄的乳罩
　　和微飓的纱丽
　　　为它装扮。
　　　恰似那样，
　　　　你把你柔体的倩影
投映在我广袤的心幕上。

我是你画师的助手，
　得以挥动心笔
　　勾勒你的轮廓，
　　　完美你的丰姿。
　一天天以情愫的颜料
　　描绘你的形象。
我的灵性之风
　在你的周遭回旋，
　　时而徐缓，
　　　时而暴风般急骤。
早先你在静谧之处
　不可揽搂，
　　你属于天帝，
　　　独居于"单一"的幽宫。
我以"双重"的绸带将你维系，
　而今你的创造
　　就在你我中间，
　在你我的情爱之中。
你凭借我对你的认识，
　认识了你自己。
我那惊奇的注视
　是万能的点金棒，
　　点触你的柔情，
　　　唤醒你欣喜的玉容。

波拉诺加尔

1936 年 5 月 23 日

生命的琼浆

我侧耳屏息，
　　让我聆听
　　时光静静的流逝。
日暮时分，
　　鸟儿播放着
　　歌喉里储存的乐曲，
　　它把我的心引向
五彩缤纷的生命王国，
　　在那里歌声缭绕，
　　正在进行着丰富
　　多彩的游戏。
听不见历史的回声，
　　只有一句话——
　　在这奇妙的时刻，
　　我们活着，
　　　我们同在。
　　这句话透入我的心底。
我就像村姑们下午到河埠汲水一样，
　　从空中采集精灵的啼鸣，
　　用以浸泡我的心魂。

你掌握了我生命里一寸寸的光阴

给我一些时间！
　　我的思绪即将飞驰。
退潮的时侯，
　　碧草上洒落的夕晖
　　　融合着芳树幽静的欢乐、
　　　　骨髓里隐藏的欢乐、
　　　　　叶簇间流动的欢乐。
我的生命在风中张开，
　　汲取用情感过滤的
　　　宇宙生命的琼浆。
　　此刻，让我坐下，
　　我睁开了眼睛。

你们来这里展开辩论。
　　今日在我从夕照
赢得的一些安逸的时光里，
　　没有是非曲直，
　　　没有指责，
　　　　没有赞誉，
　　　　　没有矛盾，
　　　　　　没有疑虑——
只有林木的葱绿、
　　潋滟的波光——

生命之河的表层

　　轻漾着超脱的细浪。

我这飞翔的闲暇

　　如寿命短促的飞蛾，

　　　在夕阳下坠的西天，

　　　　结束彩翼最后的游乐——

不要徒劳地提问题，

　　你们的要求得不到答复！

我坐在"此刻"的后面

　　滚向"昔日"的陡坡。

　　　在复杂的情感世界逡巡的心灵，

　　　　总有一天会结束

　　　　　林径上光影的嬉戏。

秋日的正午，

　　在摇曳的草叶上，

　　　在绿原的芦苇塘里，

　　　　清风的细语已填满

　　　　　我生活的弦乐的空隙。

从四面八方，

　　一层层覆盖人生的

　　　问题之网，

　　　　它的死结已经松解。

归途中的旅人不在身后遗留

你掌握了我生命里 / 寸寸的光阴

任何劳务、

　任何忧伤、

　　任何欲望。

只在树叶的摇颤中

留下一则讯息——

　他们曾活在人世，

　　这比他们的死灭

　　　更为真实。

如今只能隐约地感觉到

他们服装的颜色、

　擦身而过时卷起的轻风、

　　眼神流露出的心声、

　　爱情的旋律，

它们由东行的生命的恒河

　汇入西行的生命的朱木拿河。

　　　　　　　　圣蒂尼克坦

　　　　　　1936 年 6 月 1 日

黄昏

载着旅客载着我，
　　　白昼的轻舟
驶向遥远的地方，
　　　撇下泊过的许多码头。
"遥远"无止境地延伸，
举目望去，看不见
　　　哪里是它的终点。
从高空往下凝望，
"遥远"散布于四面八方。
　　　在白昼的阳光里奏响的
旅行之路的进行曲，
飘向很远很远的极地。
啊，黄昏，最后时辰的水手，
在退潮的恒河里驾驶你的轻舟，
　　送我到彼岸，那里
　　　敞开着
　　"极近"的门扉。
　　你的黄昏星
　　　触摸着心灵，
　　暗影遮掩的阿姆拉吉树林
　　　显得越来越近。

你掌握了我生命里
一寸寸的光阴

隶属万象的日光
　　播撒谜语——
那里凝聚的复杂物
　　是一块块绊脚石。
互相轻抚着的繁华亮丽
　　揣着失落和获取,
　　　朝八方奔驰。
哦,黄昏,近处的你
　　步入我的心灵——
我心中无人知晓的,
　　应设法将其唤醒。
为一个人所专用的灯缓缓地
　　送进我的庭院,
　　　灯光射透
阻碍朝夕相见的帷幔,
　　辉映相对而坐,
　　辉映彼此顾盼。
一切都可以清除,
　　只要你保留立足之处——
　　　此外别无所求。

　　　　　　圣蒂尼克坦
　　　　1937 年 4 月 23 日

缅怀

往后倘若我永辞凡尘，
　　你若缅怀我的往事，
春天就会走进娑罗树林，
　　绿阴就会显得恬适幽静。

那里枝杈花朵摇曳，
　　绿叶丛中鸟儿舞翎，
呖呖啼鸣，却不思我，
　　亦不遥呼我的姓名。
兴许低头朝下观看，
　　树阴底下重演别离。
不去计算顷刻之间
　　流逝几多宝贵时日。
翼下吹过一阵清风，
　　内中所载远古历史，
对我呼唤，昼夜不停，
　　往我血中倾注韵律，
叫我忘怀得失枯荣。
　　神魂遨游悠悠天际，
无名友人四周簇拥，

竞相表示真诚敬意。
绵绵情思犹如奔云，
　　飞渡关山，天涯若邻。
青天乃是真实梦境，
　　描画景物自有丹青。
所作所为不论大小，
　　无须通报身份姓名。
任凭笔墨虚空消杳，
　　不图存留什么价值。

倘若寻觅失落的自我，
　　无碑驿路细细察看——
那里的韵华无人浪掷，
　　花篮罄空复可盈满。
案头常积盛情请柬，
　　我与知音把酒畅饮，
骋目不见时间界限，
　　无须我尽任何责任。
不用乞求，不用施舍，
　　不留任何是非垃圾。
春光逝去，花落蔽地，
　　席地而坐悠哉歇憩。
时有高士登门造访，
　　推心置腹吐露志趣。

乐而忘返把世事遗忘，

　　何曾希图一个官位！

黎庶之中有我茅庐，

　　无语之人，谙其胸怀。

世俗债务一笔不负，

　　亦不致使他人负债。

世上谁人知我胸襟？

　　将来如若怀念诗人，

切莫开会，不妨走进

　　一片春天的娑罗树阴。

　　　　　　圣蒂尼克坦

　　　　　　　1937 年

天灯

日光消逝，
　　暮色降临，
祖宅里一张张
　　熟悉的脸消隐。
遥望目标消失的远方，
　　不禁老泪纵横。
到户外去吧，
　　手擎内室的灯。
今日空中闪耀的星星
　　是昔日欢聚的证人。
永别的残夜显得阴暗，
　　星星目睹露湿的空幻，
此时你在夕阳的门旁
　　东张西望，
无端地朝夜空举起点燃的灯，
　　那里的一个梦陨落在我心中。

圣蒂尼克坦

1938 年 9 月 24 日

初五的新月

静坐着追怀
　　久已流逝的日子——
稚嫩的心田生长出
　　一丛茂密的愚昧。
最后摆摆手，喝道：
　　"让逝去的逝去吧！"
年轻时代做游戏，
　　担心惨遭失败，
亲爱的，为此你一再
　　犹豫地把我拖回来。
一点点吝啬的怜悯
　　未给心灵一丝欣喜。
那个时代之后的今日，
　　我笑着说，命运给予的
　　乐趣的分量实在太轻！
　　让怨恼统统散去吧！

初五弯弯的月亮，
　　从漆黑的树林后面
冉冉地升起，

阴影遮住秀脸。

我异常气愤地责问，

为什么玩弄故伎？

胸中燃起悔恨之火，

今日我要说，新月的清辉

比破产的昏黑的

晦日之夜珍贵百倍。

我呼唤，来吧，新月，

面带节制的笑容，

巧妙地半遮脸面，

再莫倾吐你的爱情。

被视为虚假的爱怜

使我臻于高尚。

今日我动手拆开

旧时的回忆的锦囊，

晃一晃，发现

些许错误的悲伤。

唉，唉，看到的一切

只配受到揶揄。

那天命运的笑颜

幽默地用哪种技巧

欲在我的清泪里

窥见自己的容貌？

被掩饰的弯弯的笑纹呀，

　　回来吧，终止漫无目的的旅行！
因我愚笨，你才鼓掌

　　对我表示欢迎！

　　　昔日不可置信的

　　　　是详细的解释！

　　　　年华似水流逝，

　　　　　开怀大笑的本领

　　　　天帝已恩赐予我，

　　　　　迷雾已经散尽。

　　　　郁闷的时日撕破了

　　　　　黑色的面纱。

今日诗人登上

　　漫漫长路尽头的山巅，

那里有过去和未来，

　　看上去犹如清晰的画面。

"忧戚"的面相似戏剧演员，

　　被抹上了难看的颜色。

日子牲畜般地前行，

　　摇响脖子上挂的铜铃，

　　　只留下迥异的

　　　　黑白鲜明的足迹。

你掌握了我生命里／寸寸的光阴

　　　　　　　　圣蒂尼克坦

　　　　　　1938 年 11 月 29 日

143

夜车

这生命是一列夜车，
向彼岸行进，风驰电掣——
黑夜静寂，
车内装满安睡。
无边的黑暗中亦有
未被染黑者，
在睡眠的彼岸，
是猜不透的疑团。
瞬间的光华闪射暗示，
从一个陌生之地
奔向另一个陌生之地，
奔向无形的地域，
长夜无语。
旅客前往极其遥远的圣地，
我猜不出
朝觐在何处结束。
司机不通报姓名，
有人说他不过是机器。
然而，我仍把身心托付给被斥之为
没心肝的瞎子之手而安然入睡。

有人说他不值得信赖，虽然知道
他掌握的速度非常可靠。
鲜为人知的无名者
一次次越过
所有陌生的
相聚之地。
他的气息唤醒了
我对蒙面者的信任。
夜车隆隆行进，
苍穹下片刻不停。
睡眠中蕴藏着愚蒙，
我期待着远方沉睡的心灵的觉醒。

圣蒂尼克坦
1940 年 3 月 28 日

你掌握了我生命里

寸寸的光阴

来去

爱情曾来临，

脚步那么轻，

像一个缥缈的梦，

我未给它落座的交椅。

当爱情启门离去，

我听见了响声，

急转身呼喊着去寻。

那无体无形的梦

消逝在暮霭中。

在悠远的路上，

它高擎着华灯，

远远望去如殷红的幻境。

圣蒂尼克坦

1940 年 3 月 28 日

窗棂

时光流逝，斜阳
　　　　落在你冷寂的窗棂上。
阿姆拉吉树的枝条
　　　　在风中轻轻摇晃。
水牛慢吞吞地踱步，
红土路上扬起尘土，
　　　　各种鸟雀杂乱地啼鸣，
　　　　金色冬季的天空暗淡、阴沉。
吆喝叫卖的小贩
　　　　沿着胡同走向远方。
被忘却了的往事的声音
　　　　在我胸中凄凉地回响。
昏花的眼睛时时看见
　　　　你窗棂上的绿阴
颤抖着与阳光嬉戏。

为何会觉得是一位历史上的
　　　　外国诗人以外国诗歌的韵律
　　　　勾画了这窗棂？
仿佛生命在屋里

诉说着过去的故事，

　　在绿阴覆盖的苦乐中，

　　号角吹出低徊悲凉的乐音。

在来去匆匆的人影里，

　　　战栗着谪居的悲酸，

晌午的炎热把困意

　　送给我的双眼。

我独自坐在草坪上，

　　凝望远处，

冬天的斜阳落在

　　冷寂的窗棂上。

　　　　　　　　圣蒂尼克坦

　　　　　　1940 年 1 月 15 日

上色

在光线暗淡的人生的黄昏，
　　对她的记忆日趋淡漠，
弹奏一曲哀婉的恋歌，
　　为她模糊的形象上色。

这颜色苏醒于春天
　　金色花的花粉，
这颜色融于方醒的
　　杜鹃的啼鸣，
这颜色由一轮圆月
　　往番石榴树阴里泼洒。

她的形象随同晨曲
　　在我的心空萦回，
她的形象和弦索的咏叹
　　把幻境投入我的眼睛，
她的形象是我梦中的嘉宾，
　　用胸中的鲜血染红。

　　　　　　　圣蒂尼克坦
　　　　1940 年 1 月 13 日

你掌握了我生命里
寸寸的光阴

149

歌的渡口

我唱的歌
　　浑然不知
　　　　是为谁唱的。
朝气蓬勃的
　　一阵清风
　　　　无端地
　　掠过脑海，
　　　　　　不知为谁
　　卷去了乐曲。
端详着你的脸，
　　许久不明白
昔日的你为何
　　身着今日的服装，
　　这是永久的回归吗？
有时觉得未进入
　　我生活的人
仍在寻找码头，
　　行至我的河岸，也许
歌的渡口就是
　　她的神往之地。

圣蒂尼克坦

1940 年 1 月 13 日

抓不住的美感

抓不住的美感
　　自投我音律的罗网。
北归掉队的孤雁
　　栖息在远方丛林中的草堂。
它的翅膀拴住
　　开败的火焰花的残红，
它的啁啾里充满
　　凋谢的希里斯花的芬芳。

哦，听着，外乡的娇女，
　　用你甜美的嗓音
　　　　呼唤我的名字吧。

雁儿熟悉你故土天空的辽阔，
　　熟悉你夜晚明星的闪烁，
　　　　在你青春的节日，
　　　　．与你同声高歌。
雁儿的双翼伴随着你的心律一起飞翔。
　　它的巢就筑在你树林里的
　　　　一所幽静的草堂。

圣蒂尼克坦
1940 年 1 月 13 日

你掌握了我生命里一寸寸的光阴

归去之前

坠落在林径上
　　　受飓风骚扰的花蕾，
我已捡起，哦，收下吧，
　　　愿你万分珍惜。
我归去时花蕾
　　　在你怀里绽开，
编花环的纤指啊，
　　　我的情义愿你缅怀。
在野花点缀的草坪上，
　　　我坐在你身边，
　　　紧握的手缠缠绵绵。
明星是喁喁低语的证人，
林鸟毫无困意地啼鸣。

回忆的花篮装满
　　一束束未来岁月的预言，
清寂的正午，阳光
　　在希里斯树叶上抖颤。

1939 年

回忆的序言

上午云消雾散，清幽的山林里，

　　陌生的树木投下斑驳的绿阴，

　　　　绿阴的篮子里装满柔和的光束。

　　　　整个上午，

慵懒之杯里斟入隐约的鸟啼，

　　那啼叫富有令人惊奇的独特韵味。

　　　　忽然察觉

　　　　一只金色的蝴蝶

　　　　　迷失了方向，

　　　　停歇在我的银发上。

我正襟危坐，

　　生怕它心生疑惑——

发现我并非树的同类，

　　不会使用鲜花、果实的词汇。

定神望去，稠密的灌木向下伸延。

　　　　前面的群山

　　　　不时忘记自己永固不移，

一边蠕动一边与岚气嬉戏。

　　　　枯瘦的涧水

是雨季倦眠的无声标志。

林阴里硕大的鹅卵石

　　像瘦骨嶙峋的野鬼的手指，

　　　指着无聊的东西——

　　奔泉宛如蛇一样脱去皮。

此刻，我观察到，

　　崇山峻岭

像一条波状的蓝线，

　　构成了一幅蒙眬的画卷。

一层层石阶上摆着异域花卉的盆景，

　　天竺葵的清香汲取了我的诗韵。

　　　四周景象的色彩、气息

奇妙地交织成一天的序曲。

　　在文学的旅途中，

　　　就让这几行诗歌

　　享受命运所裁定的

　　　生存数日的权利吧。

　　　　　　　　　　　　蒙普

　　　　　　　　　1939 年 6 月 8 日

神话

我心里
已不存在羁勒，
我心里
只有一支支欲奋飞的歌。
飞渡神话般浩瀚的海洋，
我在欢语沉寂的海滨迷失了方向——
我心里
弥漫着我熟稔的占布花的芳香。

当夕阳西坠，
暮云上绽开霞光的花蕊，
我偕同七海的白沫
向远方漂泊。
在心里
我敲击着仙女关闭的阊阖。

圣蒂尼克坦

1940 年 1 月 10 日

你掌握了我生命里寸寸的光阴

爱人

今天你上百次地把我嗔怪，美女，

我尽管把你如此轻视，却又总想见到你。

你的伟大光辉从你的形体映入我的心池，

并且在宇宙间放射。

我的目光未落到你身上，

就等于我没有看见世界上的美女。

你用天堂的青黛将眉目描画，

你把我留在这无限的尘世里。

你的容颜之光不映入我的心田，

我又怎么会如此热爱这蓝天。

你的歌声和笑语威力无穷，

在世界上赢得了千百万颗心灵。

你提着灯笼在前面走，

世界就紧跟你的心灵后面行。

1896 年

静思

我越是爱你，越是将你放大审视，
最亲爱的人哟，我就越能看到真实的你。
我越是把你缩小来瞧，对你的了解就越少。
有时我会忘却，有时又记得很牢。
今天，在这个春日里舒展胸怀，
我做了一个从未做过的梦——
这个世界仿佛已经消失，一切都不存在，
仿佛只剩下一片汪洋大海，
没有白天，没有黑夜，没有分秒时刻，
活跃的海水已经宁静，没有狂澜大波。
在大海中仿佛盛开荷花一朵，
只有你坐在荷花上自由漂泊。
宇宙之主长期陶醉在伟大的爱情中，
从你身上看到了他自己的身影。

1896 年

你掌握了我生命里／寸寸的光阴

157

回忆景象

今天我什么都不想做，

想着前面哼着歌曲的人们，

我坐在这里又一次思索。

过了许多天，现在仿佛还是那个中午，

那天的风儿还在吹拂，

啊，童年的幻想，

过去生命的影子，

如今你是否还在这里？

现在你是否还不时地喊他？

他是否还在，他能否回答？

现存的一切过去曾有过，

可我却不是原来的我，

你又来我身边做什么？

你为什么怀着旧的眷恋

立在心灵的空室

默默地把我凝视？

有什么话你就讲吧，

你眼泪汪汪心里委屈，

冷漠的心在哭泣。

曾经属于自己的似乎已不属于自己，

看来变成了别人的——

他现在还好吗？

你走过去问问他，

你为什么站在这里发抖？

　　来吧，来吧，女士，童年的回忆，

来吧，重游你的家园故地。

　　你从前的那颗心守在他的门旁，

为什么今天披着女乞丐之衣？

你慢慢地向前走着，

可又一次次想回去，

在犹豫中脚步不愿抬起，

你怀着忐忑不安的心情把我注视，

一言不发，面色忧郁。

身上仿佛没有力气，

眼里滚动着泪滴，

头发蓬乱，穿着一身脏衣。

你怕人议论，不敢走近他身边，

只用激动不安的眼睛望着他。

还是那扇门，还是那个房间，

多少次玩耍

一次又一次在心里浮现，

你停止玩耍走了，

走的时候一句话也不说，

由于委屈两眼不悦。

不论你在哪里放置东西，

现在都落满了尘土。

请看吧，一切都是如此，

那泪水，那歌曲，

那微笑，那委屈，

统统都滚落在尘土里。

不过还是请你再来一次，

重新坐在这里，

坐在沾满尘土的过去，

那座空荡荡的房屋已经多日无人居住，

这里再也没有人吹奏竹笛。

如果现在你喜欢，

你为什么不来这里，

为什么不和我坐在一起？

来吧，让我们俩怀着激动的心情相互对视，

黄昏时分光明即将消逝。

晚霞已经消退，黑夜已经开始，

周围的一切将会立即变得昏黑。

在黑暗的夜幕中，在死海之岸，

谁也看不见谁。

仰望长空，不见明月，不见星星，

甚至听不到一点儿风声，

只有漫漫的黑夜。

我们相会在黑暗中，

将会听到彼此的叹息声。

我再一次向四周环顾，

何处还有何物？

我们曾经玩耍在何处？

时光流逝，灯火阑珊，

我拾起这些干枯的花环，

将它们挂在你的颈上。

来吧，到这里来吧，

我把头依在你的怀里，

请用秀发把我的脸遮蔽。

一滴滴眼泪缓缓地滴落，

我不时地发出一声声叹息。

请你用昔日的温柔抚摩我的身体，

我要把头放在你的怀里，

不论你是否讲话，都要让眼神沉入眼底，

请用你的目光将我注视。

歌之网

你偶尔
　　心醉神迷，
手舞足蹈，
　　边走边唱。
我茫然凝望你写在
　　天上的乐章。
忘却每天的事情，
我的心儿飘向虚茫——
犹如蜜蜂循着花香之路，
　　迷失了方向。

　　歌曲瞬息间
织就的网
　　捕捉无穷的时光。
从天国飘来的情思
　穿透泥土的壁垒，
　　欲将生命覆盖。

1939 年

放飞

今日上午，
　　　　雾消雨霁。
你含笑而来，
　　　　欲做假日的游戏。
积存的希望和失望
　　　　围困着幸福和悲痛，
带着结果或
　　　　不结果的爱情，
登上一叶扁舟，
随恒河的落潮漂游。

我解开一张张
　　　　世事之网的死结，
顷刻间，忘怀
　　　　人世的一切。
来不及高歌一曲，
来不及接受赠礼，
　　　　让种种缺憾
　　借东风消散。

你掌握了我生命里/寸寸的光阴

1939 年

附 录

本诗集新加标题与原诗集序号对照：《你已经使我永生》、《我生命的生命》、《我最爱的人》、《在这困倦的夜里》、《用你的生命把爱的灯点上吧》、《赐给我力量》、《让慈云低垂下降》、《我们约定了同去泛舟》、《他正在走来》、《我要把这光宠铭记在心》、《生命的泉水》、《我应当自己发扬光大》、《我忘却了自己》、《你掌握了我生命里寸寸的光阴》为《吉檀迦利》1、4、22、25、27、36、40、42、45、52、69、71、72、81；《你使陌生人成了弟兄》、《来吧》、《我采撷宇宙的无际》、《来吧，秋天的女神》、《令我眼花缭乱者已经走来》、《啊，向你致敬》、《心海涌起的波涛》、《你手持盾牌躲藏》、《你什么时候走来》、《来吧，进入生命》、《夜里的梦消失了》、《惑魂者》、《你带来点灯的火种》、《你降临人间》、《为什么我的夜消逝》、《神魂迷失》、《我的生命不敢到你的足前》、《人生永恒的情愫》、《眷恋似乎跑了》、《我的生命已苏醒》、《随风漂荡》、《请投来你慈善的目光》、《请采摘我这朵花》、《人生之弦》、《我的心儿怎么能去》、《你欲斟饮哪一种琼浆》、《他是我中我》、《拿到自己的生命中去》、《我身上有你的欢乐》、《向你顶礼》、《你的爱高人一头》、《我的心默默无语》为《献歌集》3、7、8、11、13、14、19、23、34、35、37、42、45、51、61、70、75、77、79、82、83、86、87、90、96、101、103、113、121、148、152、153；《我与你邂

164

逅》、《心灵的情人的笑颜》、《她的秋波撩神勾魂》、
《一条没有尽头的路》、《我把我自己扩大》、《一缕幽
香的芳踪》、《万世永生》、《拥抱至高无上的死》、《你
美丽的臂钏》、《赐给我爱的珍品》、《心啊，平静》、《今
天我该上路了》、《我的痛苦》、《盼望有谁来》、《你就
在我的身边》、《它无边无际》、《那是你的花朵》、《啊，
美》、《我生命的牧童》、《爱情的琼浆》为《歌之花环集》
1、9、11、14、15、17、23、24、30、50、53、63、
64、67、92、99、100、102、103、108;《生还人界》、
《我认识各种悲痛》、《谁迷醉于你消魂的娇颜》、《圣
洁我的人生》、《轻柔的抚摩》、《我的辞世是你的胜
利》、《点燃我火红的灵光》、《窃取我完整的心》、《未
能亲近你的圣足》、《你务必争得自由》、《你醒醒》、《蓝
天劫夺了我的心》、《黄昏悄悄摘下她金灿灿的首饰》、
《这不是忧悒》、《请接受我最后的奉献》、《我的心镜》、
《属于我的你》、《胜利是属于你的》、《远望深广的心
空》、《我心花怒放》、《你凝神遥望》为《妙曲集》4、
9、16、18、25、28、42、45、46、47、50、56、61、
62、67、68、99、101、104、105、106;《你是我永
恒的生命》为《妙曲集补遗》3;《岁月在何处》、《多
么狭小的土地》、《我在虚空中生活》、《难道我是在畅
饮美酒》、《我在向无底的深渊坠去》、《这个世界很真
实》、《心啊，你安静吧》、《尘世啊，我不能离你而去》
为诗剧《大自然的报复》中的诗歌;《你欺骗了我的
眼睛》为诗剧《秋天的节日》中的诗歌。

编后记

罗宾德拉纳特·泰戈尔（1861—1941）是印度著名诗人、作家。中国读者接触泰戈尔，大概是从1915年陈独秀在《新青年》上发表的从英文转译的泰戈尔4首短诗开始的。此后，中国一批年轻作家，诸如徐志摩、王统照、郑振铎、冰心等人，便开始从英文大量翻译泰戈尔的诗歌、小说等作品。特别是在1924年前后，在中国掀起了翻译和介绍泰戈尔作品的一个小高潮，泰戈尔在这一年的四五月间访问了中国。1961年，为纪念泰戈尔诞辰100周年，人民文学出版社出版了10卷本的《泰戈尔作品集》。《人民画报》1961年第6期专门开辟了"纪念印度诗人泰戈尔诞辰100周年"的专栏，刊登了徐悲鸿1940年为泰戈尔所画的肖像、泰戈尔在纨扇上为梅兰芳题写的赠诗以及中国出版的泰戈尔作品的照片等。除了石真女士翻译的作品外，其他绝大部分作品是从英文（少部分是从俄文）转译的。因此，一些读者误认为泰戈尔是用英文写作的诗人，并不知道泰戈尔是用孟加拉文写作的。一般读者比较熟悉冰心、郑振铎等人从英文翻译的《吉檀迦利》、《园丁集》、《新月集》、《飞鸟集》、《采果集》等作品，并不了解泰戈尔一生创作了50多部诗集，上述几部诗集只是泰戈尔诗歌创作的一小部分。

2001 年，河北教育出版社出版了《泰戈尔全集》，共 24 卷。1～8 卷为泰戈尔的诗歌（其中除冰心翻译的《吉檀迦利》外，全部从孟加拉文直接翻译）。对于文学研究者来说，通读泰戈尔的全部诗作是必要的，但是对一般读者来说就比较困难，因为他们没有那么多的时间和精力。我的挚友——中国印度比较文学研究领域的著名学者、深圳大学郁龙余教授，用一个寒假的时间，仔细通读了泰戈尔的全部诗作。他读后很有感触，于是建议我选编一套"泰戈尔诗歌精选"丛书，以满足广大读者，特别是青年读者的需要。我接受了这个建议，着手选编这套丛书。在选编过程中，郁龙余教授给予了我多方面的帮助和指导，实际上郁老师是这套丛书的真正策划者。没有他的策划和指导，就不会有这套丛书的问世。需要说明的是，绝大部分诗歌选自原有的译文，但也有少部分是编者新译。

本套丛书所选诗歌大部分都有标题，也有一小部分没有标题，只有序号。为了体例的统一和阅读的方便，凡是没有标题的诗歌，编者都加了标题。加标题的方法有以下三种：

第一种：从诗中选取一行，作为该诗的标题；第二种：从诗中选取一个词语或短语作为标题；第三种：根据一首诗的含义而添加标题。

丛书中新加标题的诗与原诗的对应关系，详见各集附录。

　　"泰戈尔诗歌精选"丛书的译诗分别出自五位译者。他们是冰心(《吉檀迦利》、《园丁集》),郑振铎(《飞鸟集》),黄志坤(《故事诗集》、《暮歌集》、《晨歌集》、《小径集》、《献祭集》、《渡口集》、《歌之花环集》、《瞬息集》、《祭品集》、《献歌集》),董友忱(《画与歌集》、《刚与柔集》、《心声集》、《收获集》、《穆胡亚集》及诗剧《大自然的报复》、《秋天的节日》等),其余为白开元译。

　　希望这套丛书能帮助广大读者(特别是年轻的读者)真正了解泰戈尔,并从他的诗歌中汲取精神营养,理解人生真谛。

　　我衷心感谢外语教学与研究出版社汉语分社的同事们! 没有他们的支持和帮助,这套丛书是无法问世的。我还要感谢季羡林师长为本套丛书题写了丛书名。

　　由于编者水平所限,疏漏和错误在所难免。敬请专家和读者批评指正。

董友忱